rororo

rororo

Zu diesem Buch: Verbrechen, die Schlagzeilen machen: ATOMBOMBE GESTOHLEN!

Strahlende Zeiten sind angebrochen, seit die Atomindustrie keine Castor-Transporte mehr durchführen darf, es aber trotzdem tut. So werden Terroristen aus aller Herren Länder zur Selbstbedienung eingeladen, die es auf spaltbares Material abgesehen haben. Um das hochbrisante Treiben zu unterbinden, muß das Omega-Team sein volles High-Tech-Repertoire einsetzen. Denn es gilt den Super-GAU auf deutschen Autobahnen zu verhindern!

Was in der Realität unwahrscheinlich erscheint, wird in der Fiktion spektakuläre Wirklichkeit. Denn unter dem *nom de guerre* Mike Jaeger schreiben renommierte Autoren, denen es Vergnügen bereitet, die dramaturgischen Mittel des Fernsehens zu adaptieren. Atemberaubende Situationen und rasante Dialoge stehen im Mittelpunkt dieser innovativen Action-Serie, die einzigartig auf dem deutschen Krimi-Markt ist.

In der Mike-Jaeger-Serie sind die Action-Thriller «Feuervogel» (thriller Nr. 43357) und «Killerviren» (Nr. 43358) erschienen.

Mike Jaeger

HÖLLENHUNDE

DAS OMEGA-TEAM

Ein Action-Thriller von
Hartmut Mechtel

Rowohlt Taschenbuch Verlag

rororo thriller

Herausgegeben von Bernd Jost

Originalausgabe
Veröffentlicht im Rowohlt Taschenbuch Verlag GmbH,
Reinbek bei Hamburg, Mai 1999

Idee und Konzeption Peter M. Hetzel
und Robert Brack
Redaktion Peter M. Hetzel
Umschlaggestaltung Walter Hellmann
(Foto: The Image Bank / Romilly Lockyer)
Satz Bembo und DIN-Engschrift Alternate
Postscript (PageOne)
Gesamtherstellung Clausen & Bosse, Leck
Printed in Germany
ISBN 3 499 43359 1

EINS

Sie waren zu weit entfernt, um etwas verstehen zu können. Auch die Sicht war eingeschränkt. Die beiden am Boden starrten in die undurchdringliche Finsternis, und ihre drei Kameraden kletterten in einem Baum immer höher, um mehr zu erkennen. Ein morscher Ast brach unter den Füßen des Anführers ab. In der Stille der Nacht krachte es wie ein Schuß, und alle erstarrten. Der Anführer klammerte sich an dem kalten, feuchten Stamm fest. Die beiden anderen rückten zu ihm auf. Er signalisierte ihnen, daß er keine Hilfe brauchte, gab dem einen das Nachtglas und nickte ihm aufmunternd zu.

Er wollte sich nicht anmerken lassen, daß ihm die Höhe etwas ausmachte. In seiner Ausbildung hatte er wesentlich größere Höhen überwunden, und das Fallschirmspringen gehörte zwar nicht zu seinen Leidenschaften, machte ihm aber nichts aus. Jedoch stammte er aus einem Land, in dem Bäume selten waren; ihr Erklettern gehörte nicht zu den verbreiteten kindlichen Vergnügungen, und beim Training hatte man es schlicht vergessen.

Falls es den beiden anderen ähnlich ging, ließen sie es sich nicht anmerken. Der mit dem Fernglas kletterte höher und suchte sich über seinem Anführer eine bequeme Position. Dann führte er das Glas an die Augen. Die vergilbten Blätter der umstehenden Bäume versperrten ihm noch immer die Sicht. Über ihm wurden die Äste immer dünner, doch die Pflicht erforderte den vollen Einsatz, also gab er den sicheren Sitz auf und stieg noch höher. Die Beine zitterten, oder waren es die Äste? Den Boden konnte er längst nicht mehr erkennen, doch dafür sah er, als er das Glas an die Augen führte, endlich das umzäunte Gelände der Firma vor sich.

Der Zaun war nicht deshalb so hoch, weil er Interessantes verbergen sollte; an den meisten Stellen konnte man ohnehin ungehindert durch die Maschen blicken. Da gab es nur einen großen, asphaltierten Platz mit zwei flachen Gebäuden, einigen Containern, einem Kran und einigen Fahrzeugen. Dahinter ein künstlich aufgeschütteter Berg mit einem Stahltor, das offenstand. Aus dem Tor schimmerte Licht. Menschen waren nicht zu sehen, außer einem Mann, der rauchend neben einem LKW auf und ab lief, vermutlich der Fahrer, der auf seine Ladung wartete. Ein friedliches, ein normales Bild, abgesehen von der Uhrzeit. Es war Mitternacht, und es gab keinen vernünftigen Grund, weshalb ausgerechnet jetzt legale Fracht verladen werden sollte.

«Es scheint zu stimmen», flüsterte der Mann mit dem Glas seinem Kameraden zu, der dicht unter ihm kauerte und wesentlich weniger sah. Der gab die Nachricht weiter.

«Scheint?» fragte der Anführer zurück. «Drückt euch präziser aus!» Auch er flüsterte, obwohl niemand in der Nähe war, der sie hätte hören können.

Es verging fast eine halbe Stunde, bis die Männer auf dem Baum endlich zu sehen bekamen, worauf sie gewartet hatten. Sie fröstelten im eisigen Nieselregen und konnten sich, im Unterschied zu den beiden auf dem Boden, nicht mal durch Bewegung warmhalten. Doch auch die beiden Kletterer, die wenig bis nichts sahen, harrten auf dem Baum aus. Der Mann, der den kleinen Trupp anführte, streichelte den Griff seiner Pistole im Achselhalfter. Die Aktion würde ein rauschender Erfolg werden, nicht nur sein persönlicher, sondern einer der größten in der Geschichte seines Landes. Er war berufen und auserwählt, ein Held der ganzen Nation zu werden.

Der Mann mit dem Nachtglas schilderte, was er sah. Aus dem Berg kam ein flacher Transporter, der einen großen Container geladen hatte. Nebenher liefen vier Männer. Einer bestieg den Kran, die anderen machten sich an Ketten oder Trossen zu schaffen; so genau war das aus fast einem Kilometer Entfernung nicht zu erkennen. Der immer noch oder schon wieder rauchende Fahrer gesellte sich zu ihnen und half ihnen.

Der Mann mit dem Glas war der einzige aus der Gruppe, der fließend Deutsch sprechen konnte, und zu seiner Ausbildung hatte auch gehört, daß er von den Lippen lesen konnte, aber das funktionierte nicht bei dieser Entfernung und Beleuchtung. Und hätte er es verstanden, wäre er enttäuscht gewesen. Die Männer auf dem umzäunten Gelände besprachen nur das Notwendigste – faß mal mit zu, halt mal, jetzt lösen. Alles klar.

«Dann kann ich jetzt los», sagte der Fahrer, nachdem er sich vom korrekten Sitz seiner Fracht überzeugt hatte.

«Wir halten den Zeitplan ein», widersprach Einhard, der die Aktion beaufsichtigte.

«Es ist kalt.» Demonstrativ klappte der Fahrer das Revers seiner Lederjacke zu. «Ob ich jetzt fahre oder in zwanzig Minuten, das ist doch egal!»

«Mir ist es egal, und dir auch», Einhard kehrte den Kumpel heraus, «aber sie haben uns ihren Aufpasser geschickt.» Er deutete über seine Schulter.

«Der sitzt im Warmen», murrte Trautmann, der Fahrer.

«Geh doch auch rein. Trink noch einen Kaffee.»

«Warum nicht gleich so?»

Trautmann und die Verladearbeiter schlenderten in den nahen Flachbau. Einhard betrat das andere, etwas größere Gebäude und ging in sein Büro, ein recht geräumiges Etablissement mit ovalem Konferenztisch, Schreibtisch und etlichen lederbezogenen Stühlen. Am Fenster stand ein massiger Mann und schaute auf den Hof. Langsam drehte er sich um.

«Noch eine Viertelstunde», sagte Einhard.

«Haben wir das nötig?» fragte der Dicke.

«Wir haben», sagte Einhard, «und Sie erst recht. Es sind Ihre Leute, die den Plan gemacht haben, Dr. Rollinger.»

«Nicht meine Leute», korrigierte Rollinger. «Ich war es. Das ist ja das Problem.»

«Wieso? Haben Sie einen Fehler gemacht?»

«Der Plan ist in Ordnung. Die Aktion ist es nicht.»

«Wir verdienen schnelles, gutes Geld. Was sollte daran falsch sein?»

«Reden Sie keinen Blödsinn, Einhard. Wir wissen, daß wir uns strafbar machen. Es mag schnelles Geld sein, gutes ist es mit Sicherheit nicht! Wir führen uns auf wie die Mafia. Verladen bei Nacht und Nebel. Schicken eine Tarnfuhre auf die Straße! Und eine Stunde später folgt die echte, wenn die Polizei sie unbehelligt läßt! Wohin soll das noch führen?»

«Und dann erfinden wir auch noch großartige Codewörter!» stichelte Einhard. «Pollux! Da kommt ganz bestimmt keiner drauf, was es wirklich ist.»

Rollinger war zu aufgebracht, die Ironie zu bemerken. «Das ist nicht von mir», sagte er. «Zu albern. Aber die Aktion Pollux ist nicht albern. Sie ist brandgefährlich!»

«Nun übertreiben Sie mal nicht», Einhard versuchte ihn zu beruhigen. «Sie dürfen nicht alles glauben, was in der Presse steht. Polizisten verstrahlt, weil sie nebenher gelaufen sind! Wir gehen täglich mit dem Zeug um, und bei uns gibt es nicht einen einzigen Kranken! Nicht einen!»

«Ich meine doch nicht die Strahlungsschäden.» Rollinger schüttelte den Kopf. «Castor-Transporte sind verboten ...»

«Nur zeitweilig», warf Einhard ein.

«Oder für immer. Das ist ohne Belang. Verbot ist Verbot. Wenn wir erwischt werden, wandern wir ins Gefängnis.»

«Aber wir können uns wenigstens teure Anwälte leisten», stichelte Einhard weiter.

«Haben Sie denn keine Angst, Einhard?»

«Ohne Risiko ist das Leben langweilig. Ihre Einwände kommen ein paar Wochen zu spät.»

«Ich weiß.» Rollinger wandte sich zum Fenster und starrte hinaus.

«Haben Sie die Bedenken Ihrem Vorstand vorgetragen?»

«Natürlich habe ich das. Daraufhin wurde ich mit der Organisation beauftragt.»

«Und warum haben Sie nicht gekündigt?»

Dr. Rollinger starrte schweigend auf den Hof.

«Übrigens sind das gar keine Castor-Behälter», fiel Einhard ein.

«Ich weiß. Um so schlimmer. Ich halte das ganze Unternehmen für eine kurzsichtige Fehlentscheidung.»

Verächtlich kräuselte Einhard, der Leiter des Zwischenlagers, den Mund. Es hatte keinen Sinn, mit diesem Waschlappen zu diskutieren. Er sagte, er werde den ersten Fahrer auf den Weg schicken, und verließ das Büro.

Durch das Fenster beobachtete Rollinger die Abfahrt. Ihm war übel. Er wollte nur noch ins Bett und die Decke über den Kopf ziehen, aber er mußte noch eine ganze Stunde in Einhards ungastlichem Büro ausharren. Bis zum eigentlichen Transport.

Beobachtet wurde die Abfahrt auch von der anderen Seite. Die drei auf dem Baum klapperten vor Kälte, doch der Mann mit dem Fernglas blieb wachsam.

«Es geht los», meldete er.

«Sicher?» fragte der Anführer.

«Ganz sicher. Der Wagen mit der Ladung fährt in Richtung Tor. Das Tor wird geöffnet ...»

«Dann los!»

Alle drei setzten sich gleichzeitig in Bewegung. Der Baum schwankte, der mit dem Fernglas versuchte, sich an einem Ast festzuhalten. Die klammen Hände rutschten ab, er fuchtelte in der Luft herum, nun gerieten auch die Füße ins Rutschen, er glitt aus, warf die Arme um einen Ast, doch da die Füße bereits in der Luft hingen, trug der das Körpergewicht nicht und knackte weg. Der Mann schrie und stürzte direkt auf den Anführer zu, der versuchte, ihn festzuhalten. Doch auch dessen Hände waren klamm, sein Körper erstarrt, die Bewegungen zu langsam. Er berührte den vorbeistürzenden Mann, bekam nicht mal einen Zipfel des Mantels zu fassen.

Der Fall wurde durch eine Astgabel gebremst, auf die der Mann mit dem Kreuz traf. Die Wucht war groß genug, es ihm zu brechen. Er rutschte weiter, fiel mit dem Kopf zuerst auf den Waldboden.

Die beiden anderen kletterten schnell hinab und standen kaum später neben ihrem Kameraden als die beiden, die auf dem Boden gewartet hatten. Der Schrei war längst verstummt, doch gellte er allen noch immer in den Ohren. Der Anführer beugte sich über die verkrümmt auf dem Boden liegende Gestalt und schaltete seine Taschenlampe an. Blutiger Schaum kräuselte sich um den Mund des Gestürzten. Die Augen standen weit offen. Er wollte noch etwas sagen, aber mehr als ein Blubbern brachte er nicht zustande. Der Anführer schloß ihm die Augen und schaltete die Taschenlampe aus. Er wollte nicht, daß seine Leute sein Gesicht erkennen konnten. Denn zum ersten Mal in seinem Leben war er vollkommen fassungslos. Soeben hatte er bei der geheimsten und wichtigsten Mission, die ihm jemals übertragen worden war, durch einen lächerlichen Unfall den einzigen Mann verloren, der der Landessprache mächtig war.

Sie nahmen den Toten mit, nicht nur aus Gründen der Pietät. Wurde die Leiche unter dem Baum gefunden, wußte die Polizei sofort, was er beobachtet hatte. Das wäre zwar vermutlich zu spät, um etwas zu verhindern, doch würde die Aufklärung erleichtert werden.

Die Leiche wurde im Kofferraum des gemieteten VW Polo verstaut, der auf einem Waldweg geparkt war. Der Anführer setzte sich selbst ans Steuer. Sein Gesicht strahlte nur noch Entschlossenheit aus, und das entsprach seinem Gefühl. Von jetzt ab würde nichts mehr schiefgehen, das wollte, ja, das wußte er. Der Laster war längst außer Sicht, doch nahmen sie an, daß er zur Autobahn fuhr, zur A 81, die lag am nächsten. Und um diese Zeit waren auf den Bundesstraßen nicht viele Fahrzeuge unterwegs. Falls der Mann mit dem Fernglas das Kennzeichen erkannt haben sollte, hatte er das Geheimnis mit in den Kofferraum genommen. Doch hatte er ihnen gesagt, was deutlich lesbar an der Fahrertür stand: Spedition Ohlhammer, Hamburg.

Bereits nach fünf Minuten überholten sie den Wagen und vergewisserten sich im Vorbeifahren, daß die Aufschrift stimmte. Im nächsten Ort hielten sie am Straßenrand und ließen sich überholen. Die Zeit zum Handeln war noch nicht gekommen.

Drei Stunden später, sie hatten auf der A 7 gerade Würzburg passiert, blinkte der LKW und fuhr auf einen Rastplatz. Fast hätten sie es übersehen, weil ihr Sicherheitsabstand sehr groß war. Natürlich folgten sie ihm, mußten ihn aber überholen, weil er gleich vornan parkte. Sie stellten sich auf einen der für PKW vorgesehenen Stellplätze und beobachteten den

Fahrer. Er stieg aus, ging ein paar Schritte ins Dunkel und stellte sich an einen kleinen Baum. Dann kehrte er in seinen Wagen zurück, kletterte ins Fahrerhaus, schaltete das Licht ein und kramte herum, bis er sein Freßpaket gefunden hatte. Er trank Kaffee aus dem Deckelbecher seiner Thermosflasche und aß einen Hot dog oder etwas Ähnliches. Dann schaltete er das Licht aus, fuhr aber nicht ab, sondern rauchte eine Zigarette.

Die vier Männer im Wagen schwiegen. Sofern jemand sie beachtete, nahm er sicher an, daß sie schliefen. Der Anführer brauchte lange, ehe er sich zum Handeln entschloß. Die Gelegenheit schien günstig, nur war der Parkplatz nicht leer. Fünf Lastkraftwagen und fast ein Dutzend PKW standen dort, und nicht alle Insassen schliefen. Die Autobahn war nah, ständig fuhren Autos mit blendenden Scheinwerfern vorbei. Außerdem hatten die Deutschen die unangenehme Marotte, ihre Rastplätze zu beleuchten. Wenigstens hatte der Verfolgte nicht an einem Rasthof gehalten. Da wäre es noch heller und noch belebter gewesen.

«Zu zweit», sagte der Anführer und deutete auf den Beifahrer. Gerade als sie aussteigen wollten, traf ein weiterer LKW ein. Er fuhr vorbei und hielt am vorderen Ende das Platzes. Der Fahrer stieg aus und pinkelte an seinen Reifen. Die Männer im Polo warteten, bis er wieder zu seiner Kabine ging.

«Jetzt!» sagte der Anführer. Entschlossen stiegen sie aus, liefen zum LKW. Der Anführer riß die Fahrertür auf, stieg auf den Tritt und drückte dem verblüfften Mann eine Pistole an die Schläfe.

«Keine Bewegung! Kein Wort!» sagte er auf englisch. Trautmann verstand ihn nicht, doch die Pistole war unübersehbar.

«Rutschen!» Da dem Kommando eine eindeutige Geste fehlte, blieb Trautmann sitzen und wartete auf eindeutigere Anweisungen. «Rutschen!»

Was konnte der Ausländer schon wollen. Trautmann griff nach seiner Brieftasche. Der Anführer sah die Bewegung und schlug ihm die Pistole mit solcher Wucht ins Genick, daß Trautmann sofort das Bewußtsein verlor. Der Anführer schob ihn auf die Beifahrerseite und stieg ein. Sein Begleiter wollte ihm gerade folgen, als er von hinten angesprochen wurde: «Was ist denn hier los?»

Er verstand die Frage nicht, fuhr herum, drückte ihm sofort die Pistole an die Stirn. Zur gleichen Zeit wurden dem Deutschen von hinten zwei Pistolen in die Nieren gedrückt. Die beiden im Polo hatten ihn zu spät bemerkt, waren aber gerade noch rechtzeitig eingetroffen.

«Get on the truck! Quiet!» zischte der Polo-Beifahrer.

«Einsteigen?» fragte der Deutsche, der ein paar Brocken Englisch verstand.

«Get on!» wiederholte der Ausländer.

Der Deutsche stieg ein, der Ausländer folgte und zog die Tür hinter sich zu. Die beiden anderen suchten den Schatten eines Baumes.

Für vier Personen, von denen eine auf der Sitzbank lag, war die Fahrerkabine zu eng. Sie drängten sich aneinander, die Pistolen drückten in den Bauch des Deutschen, der schwitzte und nicht wagte, sich nach dem Befinden des Bewußtlosen zu erkundigen.

Auch die Bewaffneten sagten nichts. Sie starrten ihn finster an. Das unbehagliche Schweigen dauerte eine Minute, die dem Bedrohten wie eine Ewigkeit erschien.

Endlich fragte ihn der Anführer auf englisch, ob er den Wagen fahren könne.

«Das ist nicht meiner», antwortete der Mann.

«Das war nicht die Frage. Kannst du den Wagen fahren?»

«Ja.»

«Dann fahr ihn.»

«Ich habe selber …»

«Fahren!»

«Wohin?»

«Fahren!» Er drehte dem Bewußtlosen die Arme auf den Rücken, legte ihm Handschellen an und verklebte ihm den Mund mit Heftpflaster. Dann setzte er sich auf seinen Rükken.

«Fahren!» ordnete er noch einmal an.

Der Zündschlüssel steckte, der Mann startete und fuhr los. Die beiden anderen stiegen in den Polo und folgten dem Laster. Daß der Container, den sie gestohlen hatten, leer war, wußten die Entführer noch nicht. Auf dem Parkplatz blieb ein LKW zurück. Er stammte ebenfalls von der Spedition Ohlhammer, was nur in kleinen Buchstaben an der Kabine vermerkt war. Seine Fracht war ein unbeschrifteter grauer Container, der einen kleineren Container in Castor-Bauart verbarg. Wenigstens hatte der Fahrer die Tür abgeschlossen.

ZWEI

Frau Ohlhammer nervte. Ihre Stimme klang stets ein wenig hysterisch, als klagte sie die Welt an, daß ausgerechnet sie zum ständigen Leiden verurteilt war. Trotzdem war es nicht nur die gute Erziehung, die Elisabeth Jacobi dazu veranlaßte, ihren Termin auf dem Golfplatz nicht auf einen anderen Tag zu verlegen. Irgendwie mochte sie die kleine Dame, die alle zwei Monate eine neue bombensichere Diät erprobte, obwohl sie nicht besonders dick war, allerdings auch nie sichtlich dünner wurde. Sie hatte auch nach einjährigem Unterricht noch die Anfängerneigung, mit ihrem Schläger das Gras aus dem Erdreich zu dreschen oder den Ball in abgelegene Gebüsche zu schmettern. Elisabeth, trotz ihrer sportlichen Figur, hatte bei weitem nicht soviel Kraft und war dennoch erfolgreicher, nicht nur beim Golf. Es war eher Mitleid als Masochismus, wenn sie sich nach den anderthalb Stunden auf dem Platz mit ihr ins Klubhaus setzte und bei einer Tasse Milchkaffee plauderte, wobei es fast immer Frau Ohlhammer war, die redete, obwohl es wenig Berichtenswertes gab in ihrem Leben. Ihr Mann war Inhaber einer Speditionsfirma, und seit der Sohn in Bonn studierte, beschränkte ihre Aufgabe sich darauf, Geld auszugeben.

Elisabeth hatte versucht, die Spediteursgattin für karitative Arbeit zu interessieren, sie gar zur Mitarbeit bei der «Hamburger Tafel» oder für ihr Aids-Projekt zu gewinnen. Es war ein Fehler gewesen, sie ausgerechnet an dem einzigen Tag im Jahr mitzunehmen, an dem sie selbst Suppe in einer Armenküche ausschenkte. Das Elend hatte Frau Ohlhammer abgeschreckt, und so blieb es denn doch bei den allwöchentlichen Treffen auf dem Golfplatz.

«... und da sagt die Verkäuferin doch tatsächlich: ‹Sie können ja woanders hingehen, wenn Ihnen hier nichts zusagt.› Und ich: ‹Das werde ich! Darauf können Sie Gift nehmen!› Und raus war ich. Die sehen mich nicht wieder. Wie finden Sie das?»

«Na ja», sagte Elisabeth unengagiert, «vielleicht hatte die Verkäuferin einen schlechten Tag.»

«Schlechten Tag, schlechten Tag. Und was ist mit mir?»

«Ist etwas passiert?»

«Das kann man wohl sagen! Heute nacht wurden wir aus dem Bett geklingelt!»

«Wer war es?» trieb Elisabeth Konversation.

«Keine Ahnung. Es war ziemlich mysteriös. Das Handy klingelte, und mein Mann ging ran, das heißt, er ging nicht, er blieb neben mir liegen und meldete sich, und dann hörte er zu und fragte: ‹Was?›, und dann hörte er wieder zu. ‹Das ist nicht möglich!› und ‹Das kann doch nicht wahr sein!› sagte er, und dann, daß er sich selbst drum kümmert und kommt, und er legte auf. Er machte Licht, und da sah ich, daß er ganz bleich war, und natürlich habe ich ihn gefragt, was los ist.»

«Was war denn los?» fragte Elisabeth, zum ersten Mal mit Interesse.

«Das weiß ich nicht.»

«Er muß doch irgend etwas gesagt haben.»

«Hat er auch, aber das hätte er sich verkneifen können. ‹Ein kleines Problem in der Firma, Schatz. Schlaf weiter.› Ein kleines Problem! So wie er aussah, ist der ganze Fuhrpark gesprengt worden. Er stand dann auch sofort auf, duschte nicht mal, zog sich an. Dann kam das Schlimmste. Er sagte: ‹Ich ruf dich bis Mittag an. Aber wenn ich es aus irgendeinem Grund nicht schaffe, mach dir keine Sorgen. Und ruf auf keinen Fall die Polizei. Auf keinen Fall, Schatz.› Zog sich den Mantel über und ging los. Morgens um fünf! Ich bin sofort hinterher und habe auf einer vernünftigen Antwort bestanden, aber er hat mir keine gegeben. ‹Keine Zeit, Schatz, ich muß dringend los. Wir sprechen drüber, wenn ich wieder da bin, falls es dich überhaupt interessiert. Ist wirklich nur Arbeitskram. Ich ruf dich nachher an.› Und weg war er.»

«Hat er angerufen?»

«Eben nicht! Also habe ich angerufen. Erst in der Firma. Da war er nicht, hatte sich überhaupt noch nicht blicken lassen, und es wußte auch niemand, wo er sein könnte. Das muß er auch keinem sagen, schließlich ist er der Chef. Aber von einem Problem wußten sie nichts. Auf seinem Handy hat sich nur der Anrufbeantworter gemeldet. Ich habe kein gutes Gefühl bei der Sache. Absolut nicht. So ist er sonst nämlich nicht. Er sagt mir alles. Einfach alles. Und wenn er verspricht anzurufen, dann tut er es auch. Also ich verstehe es nicht. Was soll das, nicht die Polizei zu rufen? Das bringt einen doch erst auf schlimme Gedanken. Ich meine, ich rufe doch nicht die Polizei, wenn der Mann zur Arbeit fährt und einen Anruf vergißt. Jedenfalls normalerweise nicht. Was kann da nur passiert sein?»

«Das wird sich sicher ganz aufklären», sagte Elisabeth und ließ sich noch ein paar beruhigende Sätze einfallen, doch entsprach das nicht ihrer Überzeugung. Die Erzählung ihrer Golfplatzfreundin hatte etwas Beunruhigendes an sich, und so gab sie ihr – für alle Fälle – die Nummer ihres Handys. Falls es neue beunruhigende Entwicklungen gab, würde sie die erste sein, die davon erfuhr. Und wenn auf etwas Verlaß war, dann auf ihre Vorahnungen.

DREI

Ohlhammers Handy flötete. Er blickte auf das Display. Schon wieder seine Frau. Er hatte jetzt keinen Nerv dafür, mit ihr zu telefonieren. Vielleicht fiel ihm eine Ausrede ein, aber das würde Zeit kosten, und was, wenn ausgerechnet dann seine verschollenen Fahrer anrufen wollten? Er warf das Handy neben sich auf den Sitz und gab Gas.

Die Wache des Zwischenlagers winkte ihn nach einem Blick auf sein Hamburger Kennzeichen und die Firmenaufschrift an der Tür seines silbernen Porsche einfach durch. Am Tag war das Gelände belebter, selbst auf dem Vorplatz, obwohl das eigentliche Lager sich natürlich im Inneren des Berges befand. Ohlhammer schien es, als sei die Zahl der Wachen seit dem letzten Mal verdreifacht worden. Die schwarzgekleideten Männer wirkten aufgescheucht, obwohl sie sehr wahrscheinlich nicht wußten, was geschehen war. Das wußte Ohlhammer auch nicht, aber er würde es gleich erfahren.

Franz Ohlhammer war ein großer, kräftiger, vierschrötiger Mann um die Fünfzig. Er hatte, weil ihm das zum Beruf zu passen schien, ein cholerisches Auftreten angenommen, doch jetzt mußte er sich nicht aufspielen; er war so erregt, daß er Einhard am liebsten verprügelt hätte, als er ihn sah.

«Was ist los?» brüllte er ihn an, als er in das Büro des Leiters des Zwischenlagers stürmte.

Einhard und Dr. Rollinger saßen bleich und übernächtigt am Tisch. Zigarettenkippen türmten sich im Aschenbecher, und Rauchschwaden waberten durch den Raum wie Nebel.

«Das sollte ich Sie fragen», konterte Einhard. «Es sind Ihre LKWs.»

«Lassen Sie Ihre Spielchen! Was ist Sache?» polterte Ohlhammer.

«Wenn hier einer spielt, dann Sie!» brüllte Einhard zurück. «Was haben Sie mit den Containern gemacht?»

«Was haben Sie mit meinen Wagen gemacht?»

«Mäßigen Sie sich, meine Herren!» Jetzt, da alles schiefgegangen war, wirkte Rollinger ruhig. «Es geht um Schadensbegrenzung, nicht um Vorwürfe.»

«Klugscheißer!» fuhr Einhard ihn an. «Was genau ist denn der Schaden?»

«Darüber weiß ich genauso viel wie Sie.»

«Ich weiß gar nichts!» polterte Ohlhammer. «Vielleicht klärt mich endlich mal jemand auf!»

«Das habe ich heute nacht schon getan», sagte Einhard. «Ihre Fassung war erstaunlich. Als hätten Sie vorher gewußt, was ich Ihnen mitteilen würde.»

«Was wollen Sie damit sagen?» fragte Ohlhammer grollend.

«Ich denke, Sie verstehen uns», sagte Rollinger kalt.

«Nein. Erklären Sie es mir!» Es klang nicht wie eine Aufforderung, sondern wie eine Drohung, doch Dr. Rollinger nickte.

«Aber gern, Herr Ohlhammer. Rekapitulieren wir noch einmal die Fakten. Beteiligt sind, nennen wir es der Einfachheit halber so, drei verschiedene Parteien. Zwei davon sind interessiert an der Aktion, die dritte ist nur der Bote zwischen beiden. Der etwaige Gewinn wird angemessen verteilt, das heißt, der Bote erhält angesichts seines geringen Risikos viel, insgesamt gesehen jedoch zweifellos am wenigsten. Er ist der einzige, der mehr gewinnen kann, wenn er das Päckchen nicht ordnungsgemäß zustellt, sondern einer vierten Partei weiterverkauft. Und er wähnt sich in Sicherheit, weil die beiden anderen Parteien ihn auf keinen Fall anzeigen können, da sich die Aktion am Rande der Legalität bewegt. Ohlhammer, tun Sie es nicht. Noch ist Zeit zur Umkehr. Ich bin bereit, alles zu vergessen, wenn Sie Pollux ordnungsgemäß beenden.»

Ohlhammer war, was selten vorkam, sprachlos. Die Logik von Rollingers Ausführungen leuchtete ihm ein, und zudem hatte er tatsächlich über diese Möglichkeit nachgedacht. Doch er hatte sie verworfen. Er wußte also, daß kein Wort von Rollingers Vermutungen den Tatsachen entsprach. Aber wie sollte er ihm das klarmachen? Er schüttelte den Kopf, öffnete den Mund und schloß ihn wieder, ohne etwas gesagt zu haben.

«Sie haben recht», fuhr der dicke Rollinger unbarmherzig fort. «Wir können und werden Sie nicht anzeigen. Aber das heißt nicht, daß wir Ihnen gegenüber machtlos sind. Es kostet mich ein Fingerschnippen, und Ihre kleine Klitsche ist ruiniert.»

«Und noch besser», übertrumpfte Einhard seinen Geschäftspartner, «auch Sie kommen nicht ungeschoren davon. Hinter meinem Unternehmen stehen zehn Milliarden Kapital, hinter Rollingers noch etliche Milliarden mehr. Wissen Sie, wie billig dagegen Mietkiller sind? Glauben Sie wirklich, wir lassen uns von Ihnen über den Tisch ziehen? Glauben Sie wirklich, Sie oder einer aus Ihrer Familie kommt mit der Beute davon, um auf unsere Kosten seinen Lebensabend zu genießen?»

«Nun ist es aber gut!» Ohlhammer faßte sich. «Hören Sie sich doch mal zu, wie Sie reden. Mietkiller! Geschäft ruinieren! Bin ich unter die Räuber gefallen? Ich bin Fuhrunternehmer, kein Gangster. Und bis ich mich mit Ihnen eingelassen habe, war ich ein seriöser Unternehmer. Ich bin auf die großen

Namen hereingefallen. Wenn die mitmachen, habe ich gedacht, dann kann es nicht ganz so schlimm sein. Das war ein Irrtum.»

«Sie schwafeln, Ohlhammer», sagte Rollinger kalt. «Haben Sie uns irgend etwas zur Sache mitzuteilen?»

«Ich weiß nichts über die Sache. Nicht mehr als Sie. Ihre Vermutungen», ging er in die Offensive, «sind nur scheinbar logisch. Meinen Sie, ich bin so schlau, Sie zu beklauen, und so blöd, nicht an die Konsequenzen zu denken? Das ist lächerlich. Sie haben gesagt, daß wir drei Unternehmen repräsentieren. Korrekt. Nur haben Sie vergessen zu sagen, daß wir sehr unterschiedliche Positionen bekleiden. Ich bin die Spedition Ohlhammer. Ich bin der Besitzer. Über mir steht niemand. Ich weiß genau, wer in meiner Firma eingeweiht ist: Nur Wuttke, Trautmann und ich. Die beiden Fahrer und der Chef. Sonst niemand. Die Fahrer wissen nicht mal genau, was sie geladen haben, und sie haben keine Ahnung, wohin es geht. Ich verbürge mich für meine Leute. Können Sie für Ihre Unternehmen dasselbe sagen? Wer ist da alles eingeweiht? Die Vorstände. Und wer noch? Sie wissen es nicht mal. Können Sie sich für alle verbürgen? Auch für die, von denen Sie nicht mal wissen, daß sie eingeweiht sind? Fassen Sie sich an Ihre eigene Nase, ehe Sie mit Drohungen hausieren gehen.»

Unter anderen Umständen hätte Rollinger anerkennend eine Augenbraue hochgezogen über die unvermutete Eloquenz des vierschrötigen Fuhrunternehmers. Jetzt war er zu geschafft für verspielte Gesten. Er sank in sich zusammen und grübelte.

«Was ist da bloß passiert?» fragte Einhard.

Ohlhammer nahm es als Einlenken. «Gehen wir alles noch einmal durch. Wie ist es bei Ihnen gelaufen?»

«Wie geplant», sagte Einhard. «Genau um eins ist Trautmann mit der leeren Fuhre gestartet. Fünfzehn Minuten vor zwei hat er angerufen, daß alles in Ordnung ist. Da ist Wuttke mit der echten Fuhre gestartet. Und von da an haben sie regelmäßig angerufen. Trautmann um Viertel vor, Wuttke zehn vor. Die letzten Anrufe kamen Viertel vor vier und zehn vor vier. Dann Schweigen. Alle beide. Als sie fünfzehn Minuten über die Zeit waren, habe ich Sie angerufen. Seitdem nichts. Absolut nichts. Beide sind verschollen.»

«Wenn sie gefaßt worden wären», sagte Rollinger, «dann wäre die Polizei schon hier. Ein spektakulärer Unfall kann es auch nicht gewesen sein, wir haben den ganzen Tag Nachrichten gehört.»

«Ich bin sofort losgefahren nach dem Anruf», sagte Ohlhammer. «Bei mir haben sie sich bis jetzt auch nicht gemeldet.»

«Gibt es denn keine Möglichkeit, festzustellen, wo sie sind, ohne die Polizei einzuschalten?» fragte Rollinger.

«Doch. Natürlich», sagte Ohlhammer.

«Wie denn?» fragte Rollinger.

«Sagen Sie bloß, Sie haben einen Peilsender!» Einhard schlug sich an den Kopf.

«Ja. Wir setzen ein satellitengestütztes Peilsystem ein», sagte Ohlhammer. «Wir sind ein modernes Unternehmen.»

«Schön für Sie», Einhard klang bissig, «dann peilen Sie mal, aber schnell!»

«Von hier aus? Das geht nicht.»

«Das geht von überall», behauptete Rollinger.

«Schon möglich, aber ich weiß nicht wie. Können Sie es?»

«Ich bin Jurist, kein Techniker. Einhard?»

«Kein Problem. Bei uns gibt es so etwas auch, und wir

haben Leute, die damit Bescheid wissen. Also sagen Sie uns die Kennung, Ohlhammer, und wir peilen sie an.»

«Die Kennung?» Ohlhammer grübelte. «Das sind rote Lampen auf einer Karte im Firmencomputer.»

«Dann sehen Sie nach!» sagte Einhard ungeduldig.

«Das geht jetzt nicht.»

«Man kann überall einen Computer benutzen», belehrte ihn Rollinger.

«Nicht wenn er ausgeschaltet ist», fiel Ohlhammer ein.

«Dann soll ihn jemand anschalten», Rollinger wurde ungeduldig. «Klingt ja fast so, als ob Ihnen die Schwierigkeiten Spaß machen!»

«Sie machen mir keinen Spaß, sie sind einfach da», erklärte Ohlhammer. «Niemand außer mir kann meinen Computer einschalten.»

«Quatsch!» fuhr Einhard auf. «Mein Enkel ist vier, und der kann das. Auch wenn Ihre Kraftfahrer Vollidioten sein sollten, werden Sie doch wenigstens eine Sekretärin haben, die Kaffee kochen und einen Knopf drücken kann.»

«Ja klar. Das könnten auch meine Kraftfahrer, aber sie kommen nicht ran. Der Computer steht in meinem Büro, und das ist verschlossen, wenn ich nicht da bin. Sicherheitsschloß, und die Tür ist gepanzert. Den einzigen Schlüssel habe ich bei mir, und der Nachschlüssel liegt in meinem Banksafe, zu dem meine Frau nur im Falle meines Todes Zugang hat. Und der Computer ist paßwortgesichert.»

«Das kann doch nicht wahr sein!» sagten Einhard und Rollinger im Chor und schlugen sich im Gleichtakt an die Stirnen.

«Wieso? Ganz normale Sicherheitsvorkehrungen!» behauptete Ohlhammer. «So macht das heute jeder!»

«Ach ja?» fragte Einhard. «Dann können Sie mir vielleicht auch verraten, warum Sie auf der Autobahn hergebrettert sind, ohne in Ihrem Büro nachzusehen, wo zum Teufel Ihre beschissenen Laster stecken!»

«Sie haben doch gesagt, ich soll sofort herkommen.»

Dr. Rollinger schüttelte den Kopf. «Ohlhammer, Sie sind ein Idiot!»

«Meinen Sie? Aber wenigstens bin ich kein Räuber!» trumpfte der Spediteur auf.

VIER

Der Kerl war verstockt. Wütend umkreiste Iskander Shaheed Agha das vom Verfall bedrohte Haus. Er brauchte Ruhe, um nachdenken zu können. Weshalb weigerte der Kraftfahrer sich, Englisch zu sprechen? In Deutschland lernte jedes Kind von der vierten Klasse an diese Sprache, das hatte ihm sein Vorgesetzter gesagt. Selbst wenn der Chauffeur kein guter Schüler gewesen sein sollte, ein paar Brocken mußten hängengeblieben sein. Aber der Kerl sperrte sich, auch nur ein verständliches Wort zu sagen. Als sie ihn schlugen, schrie er, aber er blieb hartnäckig. Wollte er den Heldentod sterben? Das konnte er haben! Muhammad war tot, gefallen in Erfüllung seiner Pflicht, ein Held des Glaubens. Sollte er Rücksicht nehmen auf einen Ungläubigen?

Hätte nicht ein anderer sterben können als ausgerechnet Muhammad? Nicht nur daß er die Landessprache beherrschte, auf ihn war in jeder Hinsicht Verlaß. Er war um Einfälle nie verlegen und fand sich – vielleicht sogar besser als er selber, gestand sich Iskander – schnell in unbekannte Situationen. Der ideale Stellvertreter für jederart Unternehmen. Die Übriggebliebenen waren natürlich auch gute Leute – Rahmat Ali, Khwaju Ali und Ali Ghulam. Nicht daß sie miteinander verwandt waren; Ali war einfach der häufigste pakistanische Name. Die Alis waren gute Soldaten. Verläßlich im Kampf, entbehrlich beim Planen.

Das Schwerste war geschafft. Mit militärischer Präzision hatten er und seine Leute mitten in einem fremden Land einen Container mit radioaktivem Abfall an sich gebracht. Nicht irgendwelchen Müll zum Wegwerfen, sondern wiederverwertbares Material. Den Stoff, aus dem man Bomben baut. Nicht um sie zu werfen, sondern um den übermächtigen Nachbarn Indien im Zaum zu halten. Und wenn die Welt noch so heuchlerisch protestierte, sie brauchten die Bombe. Was wußte die Welt schon über Pakistan.

Nun hatten sie das Material, doch steckten sie damit fest, mitten in Deutschland. Sie hatten erfahren, daß eine kleine Menge transportiert werden sollte. Illegal, also ideal zum Stehlen. Eine kleine Menge. Der Container war gigantisch. So groß wie ein Castor-Behälter. Der ließ sich über keine Grenze schmuggeln. Also mußte Iskander Kriegsrat halten – in dem Quartier, das sie am Morgen erreicht hatten. Ein verlassenes Gehöft, ein einsamer Bauernhof, ideal für das Verstecken eines Lastkraftwagen und für den Kriegsrat eines Kommandounternehmens.

Sollten sie Papiere fälschen und es auf dem Landweg versuchen? Über Österreich, Ungarn, Rumänien oder über Polen in die Ukraine, dann weiter über Rußland, Kasachstan, Usbekistan, Afghanistan in die Heimat. Von der Entfernung her war es durchaus möglich, zwei bis vier Wochen Fahrt, das wäre zu schaffen. Aber es lagen einfach zu viele Grenzen zwischen Deutschland und Pakistan. An irgendeiner würden übereifrige Zöllner bemerken, daß der Container strahlte, würden die Schmuggler an die Wand stellen und das Material beschlagnahmen.

Das Zeug aus dem Container holen und anders verpacken? Da würden sämtliche Geigerzähler der Welt Amok laufen. Die Truppe würde das Land nicht lebend erreichen, und das Material bliebe auf der Strecke. Genau die Sorte Vorschläge hatte er von seinen Mitkämpfern erwartet. Nur Ghulam hatte ihn überrascht. Wir müssen den Plan der Deutschen für uns nutzen, hatte er gesagt. Die Deutschen wollten es doch auch außer Landes schmuggeln. Also haben sie eine Möglichkeit gefunden. Er hatte recht. Auch Iskander war keine andere Möglichkeit eingefallen als diese. Der Wagen war nach Norden gefahren. Dort gab es zwar auch noch ein paar Länder, aber von denen aus kam man nicht weiter, und als Müllabnehmer waren sie auch nicht geeignet. Also führte der Transport zum Meer. Der Fahrer wußte natürlich, welchen Hafen er ansteuern sollte. Und er würde es ihnen verraten. Entschlossen kehrte Iskander ins Haus zurück. Weg mit allen Skrupeln. Er befand sich im Krieg, und in jedem Krieg gibt es Verluste. Das wissen die Soldaten auf beiden Seiten.

In dem am besten erhaltenen Zimmer hatten sie ihr Quartier aufgeschlagen. Sogar die Möbel waren stehengeblieben, ein Tisch, Stühle, ein Sofa, eine Vitrine, ein Schrank. Alles staubig, doch sie zwangen die Fahrer zum Reinigen. Dann wurden sie gefesselt und geknebelt, und der Trupp schlief ein paar Stunden. Nicht lange, dazu waren sie zu erregt. Ob die Deutschen auch geschlafen hatten, wußte Iskander nicht, es war ihm auch egal. Der eine – Wuttke – war ohnehin nur Ballast. Offenbar ein Freund von Trautmann, wenn er ihn richtig verstanden hatte. Sie waren sich wohl zufällig begegnet auf dem Parkplatz. Ein dummer Zufall, denn nun hatten sie ihn am Hals. Wuttke immerhin redete, kein Wunder, er war ja nicht der Fahrer des Atomtransporters. Trautmann hingegen schwieg.

Wuttke lag gefesselt und geknebelt am Boden, Trautmann hatten sie an einen Stuhl gebunden, und wie er aussah, hatten sie ihm in ihrem Übereifer ein paar weitere Schläge versetzt. Blut lief ihm aus einem Mundwinkel.

«Hat er etwas gesagt?» fragte Iskander.

«Kein Wort», sagte Rahmat Ali.

«Zigaretten», ordnete Iskander an. Bis eben hatte er Urdu

gesprochen. Nun wandte er sich auf englisch an den Fahrer. Er sprach langsam und sehr deutlich. «Ich sage das jetzt zum letzten Mal. Beantworte meine Fragen, und dir passiert nichts. Wenn du weiterhin schweigst, wird es sehr weh tun. Willst du wirklich für eine Ladung Müll sterben?»

«Was wollen Sie denn?» fragte Trautmann gequält. «Ich verstehe Sie nicht. Kein Wort!»

«Okay», sagte Iskander. «Du hast es nicht anders gewollt.» Er nickte Khwaju zu, der mit einer brennenden Zigarette neben ihm stand. Khwaju Ali drückte die Zigarette auf Trautmanns Jochbein aus. Der Fahrer schrie.

«Wohin solltest du den Wagen bringen?» fragte Iskander.

Trautmann schrie. Iskander nickte Ghulam zu, der seine Zigarette auf dem anderen Jochbein ausdrückte. Trautmann schrie.

«Wohin solltest du den Wagen bringen?»

Trautmann schrie.

«Wir machen mit Messern weiter. Erst die Finger. Dann ein Ohr.» Iskander redete sich in Wut. «Dann das andere Ohr. Die Nase. Dann schneiden wir dir den Schwanz ab. Den brauchst du nicht mehr. Ohne Finger kannst du sowieso nicht mehr wichsen, du Penner. Wir haben schon ganz andere kleingeschnipselt. Die Stückchen schicken wir deiner Mutter in einem Paket. Nur dein Herz nehmen wir mit – in Spiritus. Daran können unsere Medizinstudenten das Sezieren üben.»

Trautmann zeigte sich wenig beeindruckt von der Rede. Er hatte Schmerzen, und er hatte Angst. Doch nichts auf der Welt konnte ihn dazu bringen, Englisch zu sprechen.

«Was war euer Plan?»

Trautmann schrie. Iskander nickte Rahmat zu. Der setzte sein Messer an Trautmanns linkem Daumen an und schnitt ihn ganz langsam ab. Trautmann schrie und wimmerte. Eine

Antwort gab er nicht. Iskander wunderte sich, wie jemand so ein Waschlappen und zugleich so tapfer sein kann.

Wuttke wand sich auf dem Sofa und versuchte durch den Knebel zu sprechen. «Halt ’s Maul!» schnauzte Iskander und wandte sich wieder Trautmann zu. «Wir machen weiter. Uns tut es ja nicht weh. Was war euer Plan? In welchen Hafen solltest du fahren? Rede endlich!»

Rahmat Ali schnitt ihm den Zeigefinger der linken Hand ab. Das Gebrüll war markerschütternd; es übertönte Wuttkes Versuche, auf sich aufmerksam zu machen. Erst als er sich aufrichtete, schenkte ihm Iskander einen Blick. Wenn der unbedingt etwas sagen wollte, sollte er. Vielleicht kamen sie ja so weiter. Er zog ihm den Knebel aus dem Mund.

Wuttke keuchte und sagte dann in seinem hanebüchenen Englisch: «Er nicht verstehen. Er kein Wort Englisch. Es sein sinnlos, jemanden ...» er wollte «foltern» sagen, kannte aber das Wort nicht, «jemandem weh zu tun, wenn er Frage nicht versteht und du nicht Antwort.»

«Jeder Deutsche lernt Englisch in der Schule!» brachte Iskander seine Weisheit an.

«Quatsch», sagte Wuttke deutsch und erklärte: «Die meisten, aber nicht alle Englisch. Trautmann aus dem Osten. Hat Russisch gelernt.»

Iskander wollte abwinken, aber dann dachte er doch nach. Was, wenn das die Wahrheit war? Aus dem Osten? Wuttke meinte nicht den wirklichen Osten, woher Iskander kam, sondern den Teil seines eigenen Landes, der bis vor ein paar Jahren von Russen besetzt und von Kommunisten regiert war. Was, wenn Trautmann kein verschwiegener Held war, sondern wirklich nicht Englisch sprach? «Dann übersetze», entschied er.

«Ich kann die Fragen beantworten», sagte Wuttke. «Ohne

Gewalt. Kein Auto ist wert, dafür sein Leben verlieren. Ich sage alles, was ich weiß. Verbinden Sie Trautmann. Bitte.»

«Wenn deine Antworten gut sind, verbinden wir ihn», entschied Iskander. «Also los! Was ist der Plan?»

«Ich weiß nicht.»

«Sollen wir dir auch ein paar Finger abschneiden?»

«Bitte ... Wir sind nur Kraftfahrer. Der Chef hat nicht gesagt. Nur Treffen ... Mein Englisch schlecht.»

«Das höre ich.» Iskanders Achtung vor dem deutschen Schulsystem näherte sich dem Nullpunkt. «Sprich weiter. Was für ein Treffen?»

Englisch radebrechend und immer wieder durch Rückfragen unterbrochen, wenn er sich falscher oder unklarer Vokabeln bediente oder sich in grammatikalischen Konstruktionen verhedderte, erzählte Wuttke den einfachen Sachverhalt. Es scheine sich bei dem Transport um etwas so Geheimes zu handeln, daß sein Chef ihm nicht mal das Ziel mitgeteilt habe. Und auch nicht in Aussicht stellte, daß er es jemals erfahren würde. Sein Ziel war ein Autobahnparkplatz zwischen Göttingen und Hannover. Dort wollte der Chef selbst die Fuhre übernehmen. Wann? Um 9 Uhr. Oder später, falls sie durch Staus aufgehalten wurden. Ja, das war jetzt vorbei, schon seit etlichen Stunden. Wahrscheinlich hatte der Chef ohnehin nicht dort gewartet, weil die stündliche Meldung über Handy seit zehn Stunden ausgefallen war.

Iskander gab seinen Leuten ein Zeichen, den stöhnenden Trautmann zu verbinden. Einen Augenblick lang erwog er, Wuttke zur Sicherheit zu foltern oder ihm die Folter wenigstens anzudrohen, doch dann verließ er sich auf seine Menschenkenntnis. Der Kraftfahrer hatte die Wahrheit gesagt. Er wußte tatsächlich nichts. Dennoch war nicht alles verloren. Die Funktelefone der Fahrer hatte er abgeschaltet. Es war zu leicht, anhand der Übertragungssender die Standorte anzupeilen. Wer mit Kernkraft zu tun hatte, verfügte auch sonst über die modernste Technik; es war besser, kein Risiko einzugehen.

Es dauerte einige Zeit, bis er Wuttke klargemacht hatte, was der tun sollte, und zwar jetzt sofort. Der Sachverhalt war einfach, nur die Verständigung bereitete nach wie vor Probleme. Bei dieser Gelegenheit mußte Iskander ihm auch noch einreden, daß er selbst ein wenig Deutsch verstand, obwohl es über «Guten Tag», «Auf Wiedersehen», «Blitzkrieg», «Herrenmenschen» und «Komm her» nicht hinausreichte. Er verließ sich darauf, daß er es Wuttkes Miene ansehen würde, wenn der ihn hereinlegen wollte und etwas Falsches sagte.

Wuttkes Fesseln wurden gelöst, er ging zum Tisch, und Trautmann, der vor Schmerzen stöhnte und vor sich hin wimmerte, wurde statt seiner auf die Couch gelegt. Sie probten noch einmal, was Wuttke sagen sollte, damit Iskander eine Ahnung von der Sprache bekam. Da er schnell lernte, vervierfachte er bei dieser Gelegenheit sein deutsches Vokabular.

Der Kraftfahrer erhielt sein Handy, schaltete es ein, tippte den Code und wartete auf das Piepen. Es dauerte einige Zeit, bis das Gerät das Netz gefunden hatte. Die Anzeige war schwach. Er blätterte im elektronischen Speicher, bis er die Funknummer seines Chefs gefunden hatte, drückte die Wahltaste. Iskander hielt sein Ohr so nah wie möglich neben den Hörer.

Ohlhammer meldete sich sofort, obwohl er dem Geräusch nach im fahrenden Wagen saß.

«Hier Wuttke ...»

«Das sehe ich an der Nummer. Wo steckst du?»

«Unterwegs.»

«Laß dir doch nicht alles aus der Nase ziehen! Was ist passiert?»

Die Verbindung brach zusammen. Wuttke wählte erneut. Besetzt. Entweder der Chef hatte noch nicht aufgelegt, oder er wählte seinerseits. Einer der Alis fuchtelte mit seiner Pistole vor Wuttkes Nase herum, und der beeilte sich, Iskander den Sachverhalt zu erklären. Noch während er dabei war, klingelte sein Handy. Er sah auf das Display. «Der Chef.»

Er drückte auf die Sprechtaste. «Sind Sie auf der Autobahn, Meister?» Das war ein kühner Versuch Wuttkes, Iskanders Auftrag zu erfüllen und dennoch ein Signal seiner Lage zu geben. Üblicherweise duzte er Ohlhammer, und die Anrede war Chef, nicht Meister. Doch Ohlhammer überhörte es.

«Ja. Und du?»

«Auch. Wo auf der Autobahn, Meister? In der Nähe des Treffpunkts?»

«Was ist passiert?» polterte Ohlhammer.

Wie Iskander sich ausgedacht hatte, sollte Wuttke bei konkreten Fragen Probleme mit dem Netz vortäuschen. Er hielt also den Hörer weit weg und sagte: «Ich verstehe nichts, Meister.»

«Was?» brüllte Ohlhammer.

«Ich verstehe nichts!» brüllte Wuttke zurück.

«Ich verstehe nichts!» brüllte Ohlhammer.

Wuttke hielt den Hörer wieder etwas näher an den Mund. «Das Netz bricht gleich zusammen. Wo sind Sie, Meister?»

«Auf der A 7.»

«Beim Treffpunkt?»

«In zwei Stunden. Frühestens.»

«Fahren Sie nach Norden oder Süden?»

«Norden. Was soll das, Wuttke? Was ist passiert?»

«Wir treffen uns gleich. Die Verbindung ist zu schlecht.»

Das Rauschen in der Leitung machte diese Aussage glaubwürdiger, als Wuttke lieb war. «Wo sind Sie genau, Meister?»

«Kurz vor Würzburg.»

«Dann sehen wir uns in einer Stunde.»

«Das schaffe ich nicht», sagte Ohlhammer.

«Nehmen Sie den ersten Parkplatz hinter der Abfahrt Fulda. Da stehe ich.»

«Fulda? Da bist du erst? Wo ist Trautmann?»

«Der hatte einen kleinen Unfall, Meister ….» Wuttke brachte den Hörer wieder auf Abstand, um das erneute Schwinden des Netzes zu simulieren.

«Unfall?» brüllte Ohlhammer. «Und die Ladung?»

«Ist noch da, Meister. Sie hören es ja gleich.»

«Bist du irgendwie durcheinander?»

«Hat alles seine Gründe, Meister.»

«Was ist passiert?!»

«Der Akku ist alle. Bis gleich, Meister.»

Wuttke trennte die Verbindung und schaltete das Handy ab. Er übersetzte, was gesagt worden war. Ohlhammer hat es endlich gemerkt, daß ich nicht frei sprechen kann, dachte er. Und wenn er jetzt in Ruhe darüber nachdenkt, wird der Quatsch mit dem Siezen und dem Meister noch deutlicher. Die Terroristen werden sich wundern, wenn der Chef eine Hundertschaft GSG 9 mitbringt. Oder ein paar zivile Leute, die genauso gut sind. Und wenn er das in der kurzen Zeit nicht schafft, wenigstens eine Funkstreife. Es gelang ihm nur mit Mühe, ein Lächeln zu unterdrücken.

FÜNF

Hatte er sich im Parkplatz geirrt? Ohlhammer wurde immer nervöser. Wo, zum Teufel, steckte Wuttke? Und wo seine LKWs? Sofort nach Wuttkes Anruf hatte er die beiden nervösen Herren im bayerischen Zwischenlager verständigt, was deren Besorgnis freilich kaum minderte. Hatte er zu früh Entwarnung gegeben? Denn Ohlhammer wußte absolut nichts. Es hatte einen Unfall gegeben, offenbar mit Trautmanns Laster, also dem leeren Container, und Wuttke hatte sich um seinen verletzten Kollegen gekümmert. So reimte sich Ohlhammer die Story zusammen, und so hatte er sie weitergegeben. Es klang ja auch plausibel, abgesehen davon, daß kein vernünftiger Grund denkbar war, der Wuttke zehn Stunden am Anrufen gehindert hatte. Und dann war er so merkwürdig gewesen am Telefon. Siezte ihn, nannte ihn Meister. Er stand unter Schock, beruhigte sich Ohlhammer. Wahrscheinlich war Trautmann ernster verletzt, als Wuttke mit seinem «kleinen Unfall» angedeutet hatte. Wo steckte er nur? Zum dutzendsten Mal wählte Ohlhammer die Nummer von dessen Handy. Wie immer war das Telefon abgestellt.

Ohlhammer stand so, daß er, abgesehen von der Sichtbehinderung durch einen Brummi, den gesamten Parkplatz überblicken konnte. Da tat sich nichts. Weder tauchte sein Laster auf noch dessen Fahrer. Bei jedem Geräusch eines Dieselmotors fuhr er herum. Nichts. Wieder nichts.

Was, wenn man Wuttke erwischt hatte? Vielleicht faselte er deshalb so sonderbar herum, weil die Polizei zuhörte! Nur – weshalb sollte die Polizei ihn auf einen Parkplatz lotsen? Um ihn auf frischer Tat zu erwischen? Er brauchte Klarheit. Flog die Aktion auf, war er ohnehin erledigt. Also Augen zu und durch. Er hatte sich vor der Aktion Pollux ganz unverfänglich bei seinem Firmenanwalt erkundigt, was jemand, der so etwas beabsichtige, an Strafe zu erwarten habe. Unerlaubter Umgang mit Kernbrennstoffen oder schwere Umweltgefährdung, vermutlich beides, hatte der gesagt. Maximal fünf Jahre laut Gesetz, bei nicht Vorbestraften also vielleicht zwei Jahre, außerdem möglicherweise Einziehung der beiden zur Straftat benutzten LKWs. Dann würde die Spedition wohl eingehen, doch den Kopf würde es jedenfalls nicht kosten. Hoffte er.

Die Tür seines Porsche wurde aufgerissen, und jemand drückte ihm einen metallischen Gegenstand an die Schläfe. Obwohl er nicht erkennen konnte, was es war, erstarrte Ohlhammer. Der Polizist meinte es ernst, das spürte der Spediteur. Nur weshalb er ihm auf englisch sagte, er solle keinen Laut von sich geben, das verstand Ohlhammer nicht. Interpol, dachte er. Jetzt kommt es ganz dick. Er wagte es nicht, zur Seite zu blicken.

«Haben Sie mich verstanden?» fragte der Fahnder.

«Ja», brachte Ohlhammer vor.

«Steigen Sie aus. Und keine Tricks.»

Das Metall verschwand von seiner Schläfe, und folgsam stieg Ohlhammer aus. Jetzt sah er den Polizisten zum ersten Mal. Er war Mitte bis Ende Zwanzig wie der Mann neben ihm. Recht jung für den verantwortungsvollen Job. Beide trugen unauffälliges Zivil und sahen sehr südländisch aus. Tiefbraun, mit schwarzen Haaren und schwarzen Schnurrbärten. Gutaussehende Leute. Inder vielleicht, oder eher wohl Araber; bei der französischen Polizei gab es ja auch Algerier. Und bei den Engländern Inder. Besonders britisch klang der Akzent freilich nicht. Französisch allerdings auch nicht.

«Steigen Sie hinten ein», sagte der Mann mit der Pistole; er hielt sie übrigens so eng am Körper, daß die anderen Leute auf dem Parkplatz sie vermutlich nicht sehen konnten. Klar, verdeckte Operation, dachte Ohlhammer. In den Fängen der Spezialisten …

«Hinten? In meinen Sportwagen?» fragte Ohlhammer erstaunt. «Hat Interpol keine eigenen Fahrzeuge?»

«Quatsch nicht, steig ein!» fuhr ihn der Sprecher an. Ohlhammer öffnete die Tür und tat, was von ihm verlangt wurde. «Rutsch durch!» Der Anführer puffte ihm mit der Pistole in die Seite, um seinen Worten Nachdruck zu verleihen.

Ein rauher Umgangston herrscht bei Interpol, dachte Ohlhammer. Erst als der zweite Mann vorn einstieg, sich umwandte und Ohlhammer den Zündschlüssel abverlangte, begriff er plötzlich, daß das gar keine Polizei war. Er war gerade gekidnappt worden. Einen Moment lang war er erleichtert, daß es nicht die Polizei war, sondern nur Terroristen.

Auch Iskander Shaheed Agha war erleichtert. Endlich mal jemand, der keine Probleme mit der englischen Sprache hatte. Und wie ein Held wirkte der müde alte Mann auch nicht, obwohl er die Figur eines Recken hatte, jedenfalls gegen ihn und seine schmalen Alis. Ein am Schreibtisch verweichlichter Riese. Diese Typen waren am leichtesten zu knacken.

«Wo ist Wuttke?» fragte Ohlhammer.

Iskander deutete über seine Schulter. «Im Wagen hinter uns.»

«Und was wollt ihr von mir?»

«Das erfährst du früh genug.»

«Ihr seid nicht von der Polizei.»

«Gute Beobachtungsgabe, alle Achtung.»

Ein wenig ironisch, aber nicht unfreundlich. Ohlhammer fühlte sich ermutigt, weiterzufragen. «Seid ihr Terroristen?»

Das schien die falsche Frage gewesen zu sein. Der Gesichtsausdruck des jungen Mannes verfinsterte sich. «Ihr macht es euch einfach. Wer für sein Vaterland kämpft, ist ein Terrorist, auch wenn er sich nur verteidigt. Aber wenn ein Land auf ein anderes Bomben wirft, dann ist das für euch kein Terrorismus, sondern das normale Verhalten eines zivilisierten Staates.»

«Kann schon sein», sagte Ohlhammer versöhnlich. «Ich bin bloß ein kleiner Spediteur und habe mit Politik nichts zu schaffen. Aber ...»

«Das sagen alle. Überall auf der Welt sterben Menschen, und niemand will damit zu schaffen haben.»

«Habt ihr mich aus politischen Gründen entführt?»

«Die USA bombardieren Libyen und den Irak. Tausende Menschen sterben. Die UNO segnet die Bomben. Eine Handvoll aus Verzweiflung kühner Moslems schlägt zurück, und gleich ist es Terrorismus. Ein gekaufter Abtrünniger schmäht alles, was uns heilig ist. Ihr haltet das für Literatur. Über ihn wird die Strafe verhängt, die unser Glauben vorsieht. Dafür schmäht ihr uns und schützt den Ehrlosen.»

«Ich lese keine Bücher. Nur Zeitung», warf Ohlhammer ein.

«Ihr haltet Indien für eine Demokratie, obwohl dort Pogrome gegen Moslems an der Tagesordnung sind. Der Feind, der uns schon dreimal überfallen hat, testet gegen alle Verträge eine Atombombe, und dafür wird er mild gerügt. Wir waren im Kampf gegen den Aggressor Indien dreimal unterlegen, aber wenn wir zur Abschreckung unsere eigene Bombe testen, um zu zeigen, daß wir nicht wehrlos sind, verhängt ihr Sanktionen gegen uns, die mein Volk an den Rand des Ruins treiben.»

«Aha», sagte Ohlhammer, um zu beweisen, wie gut er zugehört hatte und daß er Bescheid wußte, «ihr kommt aus Afghanistan.»

«Aus Pakistan!»

«Wie auch immer. Aber wir haben doch mit euren Konflikten nun wirklich nichts zu tun!»

«Das möchtet ihr gern.» Iskander lächelte sehr finster, lehnte sich zurück und starrte den Spediteur eindringlich an. «Wohin sollte denn eure Ladung gehen?»

«Welche Ladung?» fragte Ohlhammer.

«Lassen Sie sich nicht durch meine Freundlichkeit täuschen, Mr. Ohlhammer», sagte Iskander. «Ich bin kein Freund unnötiger Gewalt, aber ich kann sie ohne jede Hemmung anwenden, wenn es erforderlich ist. Einer Ihrer Kraftfahrer hat zwei Finger verloren, weil er nicht vernünftig antworten wollte. Ich habe keine Skrupel, Ihnen die Hand abzuschneiden oder ins Knie zu schießen. Und wenn das nicht hilft, werde ich um Einfälle nicht verlegen sein. Wieviel physischen Schmerz sind Sie zu ertragen bereit, Mr. Ohlhammer? Wie ich sehe, bereitet Ihnen die bloße Vorstellung Unbehagen. Ich kann Ihnen versichern, daß es schlimmer wird, als Sie es sich in Ihren finstersten Alpträumen ausmalen können. Wesentlich schlimmer. Sie werden sich unter Qualen winden und sich wünschen, daß es aufhört. Sie werden sich den Tod wünschen, aber der wird lange auf sich warten lassen. Sehr lange. Doch er wird kommen. Wer sich wie ein Feind verhält, wird wie ein Feind behandelt. Sind Sie ein Feind, Mr. Ohlhammer?»

«Natürlich nicht», versicherte der Spediteur eifrig. Er schluckte; sein Mund war trocken, die Stirn hingegen schweißnaß.

«Dann beweisen Sie es», sagte Iskander eindringlich. «Wohin sollte die Ladung gehen?»

«Das weiß ich nicht. Ehrlich», Ohlhammer schluckte erneut. «Ich bin doch bloß der Fahrer. Bestimmt außer Landes. Wohin genau – das hat mir keiner gesagt. Ich wollte es auch nicht wissen.»

«So ist es immer. Niemand will etwas wissen», sagte Iskander. «Sollte das Material zu euren Freunden nach Indien geschmuggelt werden?»

«Ich habe keine Freunde in Indien. Ich kenne überhaupt keine Inder. Ich gehe auch nie zum Inder essen. Immer nur zum Türken, und das sind ja auch Moslems. »

«Wir werden wohl nicht umhinkönnen, zu härteren Maßnahmen zu greifen. Schade. Ich dachte, Sie sind vernünftiger.»

«Ich sage Ihnen alles, was ich weiß. Ehrlich. Fragen Sie!» Trotz seiner Angst bemerkte Ohlhammer, daß sie an der nächsten Autobahnabfahrt die Ausfahrt nahmen, die Brücke querten und, zurück auf der Autobahn, in die Gegenrichtung fuhren. Wohin wollten sie mit ihm? Was sollte das alles? In welche Sache war er hineingeraten?

«Was ist das Ziel Ihrer Fracht?» fragte Iskander.

«Ich weiß es wirklich nicht.»

«Sie müssen doch wissen, wohin Ihr LKW fahren sollte!»

«Ja, klar, das weiß ich, aber das ist doch bloß eine Zwischenstation.»

«Wo liegt diese Zwischenstation?»

«Am Rand von Hamburg.»

«Na also, es geht doch. Hat dieser Rand einen Namen?»

«Das Firmengelände der ASA.»

«Was ist das?»

«Ein multinationaler Konzern.»

«Der mit Kernkraft zu tun hat?»

«Eigentlich nicht. Jedenfalls nicht viel.»

«Womit beschäftigt sich der Konzern?»

«Mit Technik. Die machen so ziemlich alles. Baumaschinen. Lastkraftwagen. Motoren. Computer. Raketentechnik.»

«Atomraketen?»

«Vielleicht auch, aber davon weiß ich nichts. Raketen für den Weltraum.»

«Wozu brauchen sie den Atommüll?»

«Ich glaube nicht, daß sie ihn brauchen. Sie haben nur eine Möglichkeit, ihn außer Landes zu schaffen.»

«Und welche?»

«Man hat es mir nicht gesagt, aber ich kann es mir denken.»

«Was denken Sie sich, Mr. Ohlhammer?»

«Flugzeuge.»

«Sprechen Sie vollständige Sätze, Mr. Ohlhammer.»

«Die ASA ist ein internationales Unternehmen. Es gibt Teilfirmen überall in Deutschland und auch im Ausland. Der Konzern ist so groß, daß er eine eigene Luftflotte hat. Transportflugzeuge, so bullig, daß man sich fragt, wie die sich überhaupt in der Luft halten können und wie sie hochgekommen sind. Die starten und landen mehrfach täglich auf den Firmenflugplätzen. Sie holen und bringen Maschinenteile und was sie sonst noch so alles brauchen. Egal wie sperrig der Container auch ist, von der Sorte passen mehrere in ein Flugzeug.»

Iskander lächelte freundlicher. Da wurde ihm die ideale Lösung für sein Problem präsentiert. «Werden die Maschinen denn nicht kontrolliert, wenn sie ins Ausland fliegen?»

«Das glaube ich nicht. Vielleicht manchmal. Aber das ist ein sehr angesehenes Unternehmen. Und sie fliegen oft. Wer soll das alles kontrollieren? Und warum? Das Unternehmen ist einer der größten Arbeitgeber in Hamburg. Und einer der größten im ganzen Land. So etwas kontrolliert man nicht, so etwas fördert man.»

Iskander wollte mehr Details erfahren, doch Ohlhammer war kein Spezialist für die ASA. Ein multinationaler Konzern, ja, aber welche Nationen beteiligt waren oder wo überall die ASA Zweigstellen hatte, dafür habe er sich nie interessiert. In England, in Frankreich wohl auch, aber wo noch? Irgendwas in Übersee sicher, wo billiger produziert wird. In Indien vielleicht? Das wisse Ohlhammer nicht, doch sei es nicht auszuschließen.

Sie verließen die Autobahn, bald auch die Bundesstraße; die Gegend wurde immer einsamer, doch die Pakistanis schienen sich auszukennen. Schließlich bogen sie sogar in einen Feldweg ein und steuerten einen einsamen Bauernhof an. Inzwischen hatte Ohlhammer es gewagt, sich umzuwenden. Ein Volkswagen folgte ihnen, besetzt mit zwei Personen. Ob eine davon Wuttke war, konnte er nicht erkennen, denn es dämmerte bereits.

Sie hielten hinter dem Gehöft neben Ohlhammers LKW. Beim Aussteigen fragte der Spediteur: «Und wo ist der andere?» Denn die Scheune war eingestürzt, die Stalltür zu klein. Und andere Verstecke gab es hier nicht.

«Welcher andere?» fragte Iskander.

«Der mit der Fracht», sagte Ohlhammer arglos.

«Mit welcher Fracht?»

«Dem Müll.» Ohlhammer wunderte sich, daß der Pakistani so tat, als wisse er nicht, wovon der Spediteur redete.

«Mit dem Müll?»

«Ja. Die echte Fracht. Dieser Container ist leer.»

SECHS

Das Telefon klingelte. Elisabeth Jacobi konnte kaum mehr als ihren Namen sagen, da überfiel Frau Ohlhammer sie schon mit dem üblichen Wortschwall. Nur der Inhalt klang diesmal ernster.

«Ich weiß nicht, was ich machen und an wen ich mich wenden soll. Er ist immer noch nicht da. Mein Mann, meine ich. Und gemeldet hat er sich auch noch nicht. Ich habe überall herumtelefoniert. Die Fahrer wissen nichts, die Sekretärin weiß nichts. Ich habe das Gefühl, sie nehmen mich nicht ernst. Als ob es ganz normal ist, wenn er niemandem Bescheid sagt. Aber ist weg! Er ist wie vom Erdboden verschluckt. Das hat er noch nie gemacht. Noch nie. Ich meine, er ruft mich natürlich nicht jeden Tag an, wenn er unterwegs ist, wozu auch. Aber wenn er sagt, daß er anruft, tut er das, und zwar immer! Ich würde mir ja keine Sorgen machen, wenn er das mit der Polizei nicht gesagt hätte. Ich meine, da ist doch was passiert! Vielleicht ist er erpreßt worden oder sogar entführt. Ihr Mann ist ja auch mal entführt worden, Sie verstehen sicher, daß ich nicht ruhig bleibe. Schon beim bloßen Gedanken wird mir eiskalt. Wieviel mußten Sie damals zahlen? Eine Million? Zehn Millionen? An so viel komme ich gar nicht heran. Was soll ich nur machen?»

Die Sprechpause war so groß, daß sie offenbar eine Antwort erwartete. «Haben Sie auch schon mal an andere Erklärungen gedacht?»

«Was meinen Sie? Daß er eine Freundin hat? In seinem Alter? Er ist 51 und hat sich die Hörner längst abgestoßen. Und ich bin nie eifersüchtig gewesen. Ein Mann braucht so etwas manchmal, aber in Wahrheit gehören wir zusammen, das wissen wir beide. Er würde mich nie verlassen wegen einer anderen, das weiß ich einfach. Wir lieben uns immer noch, nach so vielen Jahren.» Ihre Stimme klang belegt; sie unterdrückte ein Schluchzen.

«Das ist schön, Frau Ohlhammer», sagte Elisabeth. «Gibt es denn ein Anzeichen für Erpressung? Ich meine, hat Ihr Mann etwas getan, womit man ihn erpressen könnte? Entschuldigen Sie, daß ich so direkt frage.»

«Das glaube ich nicht. Was denn? Ich meine, er transportiert Güter. Nein, das glaube ich nicht. Wenn ich an den Anruf heute früh denke, das war irgendwie eine Bedrohung. Eine ganz ernste Sache. Er wollte einen Schaden abwenden, da bin ich sicher. Und er hat es nicht geschafft, glaube ich.» Nun schluchzte sie doch.

«Bleiben Sie ruhig, Frau Ohlhammer, ich habe da eine gute Idee. Wo sind Sie im Augenblick?»

«Zu Hause.»

Elisabeth Jacobi notierte Telefonnummer und Anschrift und sagte, sie werde sich in der nächsten halben Stunde zurückmelden. Dann legte sie auf. Sie blickte kurz aus dem Fenster auf die Außenalster, doch war kaum mehr zu sehen als die Lichter am anderen Ufer. Ja, auch wenn der Anlaß lächerlich klang – ein Mann geht morgens zur Arbeit und ist um 18 Uhr noch nicht zurückgekehrt –, sie würde etwas unternehmen.

Sie verließ ihr Zimmer, stieg die Treppe hinab. Das Haus – eine Gründerzeitvilla «auf der Uhlenhorst», wie Elisabeth Jacobi zu sagen pflegte – war sehr groß, zu groß für zwei Personen, so empfand sie noch nach Jahren, obwohl sie als Tochter eines schwäbischen Fabrikanten nicht gerade in beengten Verhältnissen aufgewachsen war. Das Haus wurde nicht kleiner dadurch, daß sie es mit zwei Dienstboten und vier Leibwächtern teilten, die sämtlich ihre eigenen Zimmer hatten. In der Diele saß ein Leibwächter und blätterte gelangweilt im «Spiegel». Ihr Mann sei in der Garage, teilte er ihr mit.

Victor Jacobi bastelte wieder einmal an seiner neuesten Anschaffung herum; er hatte kürzlich einen von weltweit 104 cremeweißen Nash Healey erworben, das neueste Stück für seine Sammlung alter englischer Sportwagen. Er wechselte ein durchgeschmortes Kabel aus und versuchte herauszufinden, weshalb die dazugehörige Sicherung völlig unversehrt war.

Er war Mitte Fünfzig, sechzehn Jahre älter als seine Frau, groß und kräftig. Obwohl sein dunkles Haar längst graumeliert war, wirkte er nicht alt. Sein Gesicht war faltenlos, und der Dreitagebart ließ ihn aussehen wie einen Charmeur, was er, soweit Elisabeth wußte, allerdings nicht war. Seine Leidenschaft waren Autos, nicht Sekretärinnen oder die Frauen der Geschäftspartner. Für das Geschäft – die Reederei seiner Vorfahren – interessierte er sich ohnehin kaum; seit dem Jahresende waren etliche Millionen auf dem Konto eingegangen.

Elisabeth gab wieder, was ihr Frau Ohlhammer erzählt hatte. Aufmerksam hörte Victor Jacobi zu.

«Du meinst, ich sollte etwas unternehmen?» fragte Jacobi. «Weshalb?»

«Ich habe eine Vorahnung. Außerdem ist es möglicherweise eine Entführung.»

«Eine Entführung?» Jacobi lief ein Schauer über den Rücken. Obwohl es bereits fünf Jahre her war, daß er selbst Opfer einer Entführung geworden war, schmerzte ihn die Erinnerung an die Demütigungen und Erniedrigungen noch immer. «Gut», sagte er und lächelte die schmerzlichen Erinnerungen weg, «deine Vorahnung überzeugt mich. Ich werde mit der Dame sprechen. Hast du ihr etwas angedeutet?»

«Selbstverständlich nicht.»

«Das ist gut.»

SIEBEN

Der Parkplatz war noch leerer als in der vergangenen Nacht. Das lag wohl an der Uhrzeit. Zum Übernachten war es noch zu früh, man machte lieber an Raststätten oder Tankstellen Pause. Das war die gute Nachricht für Iskander Shaheed Agha. Weniger erfreulich war, daß der seit siebzehn Stunden geparkte Lastkraftwagen einer Funkstreife aufgefallen war, und dies offenbar ein paar Minuten vor ihrem Eintreffen, denn die beiden Polizisten kontrollierten ihn gerade. Einer rüttelte an den Türen, der andere notierte sich das Kennzeichen. Auch gut, dachte Iskander, dann haben sie es noch nicht gemeldet.

Ohlhammers beiläufige Bemerkung hatte Iskander getroffen wie ein Schlag. Da waren sie um die halbe Erde geflogen, hatten sich perfekt vorbereitet, einen Unterschlupf gefunden, Waffen und Sprengstoffe gehortet, hatten die bestausgebildeten Leute in den Einsatz geschickt, und was war ihnen gelungen? Einen leeren LKW zu erbeuten. Das konnte nicht wahr sein. Das durfte daheim niemand erfahren. Das brauchte auch niemand zu erfahren, denn noch war nicht alles verloren. Die Aktion Pollux – den Namen hatte er von Ohlhammer gehört – war geheim, also wurde die Polizei nicht informiert, und wie sollten die deutschen Schmuggler ohne deren Hilfe den Wagen finden? Wahrscheinlich stand er noch genau da, wo Wuttke ihn abgestellt hatte.

Die Bewachung der Gefangenen wurde Ghulam und Rahmat übertragen. Wuttke und Khwaju nahm er mit auf die Tour zum Autobahnparkplatz. Sie fuhren in Ohlhammers Porsche; man gönnt sich ja sonst nichts. Fast hätten sie es unbemerkt geschafft, da tauchte diese Streife auf. Wodurch hatte der Wagen nur ihre Aufmerksamkeit erregt? Er sah doch aus wie tausend andere. Gleichgültig. Iskander stand mit dem Rücken zur Wand. Die Zeit des Zögerns war vorbei. Er kettete Wuttke mit Handschellen ans Lenkrad – «keinen Mucks, sonst …!», gab Khwaju Ali eine kurze Anweisung. Die beiden Pakistanis stiegen aus und gingen zügig zum LKW und den beiden Polizisten. Sie standen nicht nebeneinander; das war ungünstig.

«Good evening, Sir», schnatterte Iskander los, «ich habe eine Frage, sprechen Sie Englisch? Wir haben uns verfahren und wissen nicht, wie wir auf den richtigen Weg zurückkommen. Können Sie uns freundlicherweise helfen?»

«He, Paul», rief der Polizist, «hier ist ein Kana… ein ausländischer Mitbürger, der was wissen will, komm doch mal her. Ich verstehe ihn nicht richtig.»

«Du bist doch das Sprachgenie von uns beiden», lästerte Paul, kam aber langsam nach hinten geschlendert.

«Jetzt», sagte Iskander. Khwaju und sein Anführer schossen gleichzeitig. Das schallgedämpfte Ploppen wurde durch einen vorbeifahrenden Laster übertönt. Sie fingen die Polizisten auf und zogen sie ins Dunkel neben dem Container. Nun galt es, schnell und effektiv zu handeln. Einen Toten ließen sie liegen, den anderen hakten sie von links und rechts unter. Von weitem mochte es für den flüchtigen Betrachter so aussehen, als liefen da drei Männer. Iskander konnte nur hoffen, daß niemand genauer hinblickte. Zum Glück war der Weg nicht weit; der Streifenwagen parkte direkt hinter dem LKW, und die Fahrertür stand offen.

Schreckensstarr beobachtete Wuttke, was seine Entführer taten; er hatte alles ganz genau mitbekommen. Sie schoben den Toten in den Wagen und suchten nach einem Hebel für den Kofferraum. Erst sprang die Motorhaube auf, dann setzte sich der Scheibenwischer in Bewegung. Iskander zog den Zündschlüssel ab, ging nach hinten und schloß den Kofferraum auf. Sie zerrten den Toten aus dem Auto, richteten ihn auf, gingen nach hinten und stopften ihn in den Kofferraum. Bemerkte das denn niemand? Wuttke blickte sich um. In dem Renault hinter ihm saß ein schwules Pärchen und küßte sich. Der Mann im Volvo studierte seine Karte und blickte überhaupt nicht nach draußen. Und alle anderen waren zu weit weg, um etwas erkennen zu können. Das war doch nicht möglich! Da erschossen Terroristen vor über zwanzig potentiellen Zeugen auf einem keinesfalls dunklen Platz zwei Polizeibeamte, und niemand bemerkte es!

Die beiden gingen zurück und holten ihr zweites Opfer. Auch das wurde in den Kofferraum gestopft. Iskander kehrte zum Porsche zurück, und Wuttke erstarrte. War jetzt er an der Reihe? Der Terrorist beachtete ihn gar nicht. Er holte seine Tasche aus dem Fond, kramte darin und entnahm ihr ein paar technische Gegenstände. Wuttke wagte es nicht, sich umzuwenden. Im Rückspiegel sah er nur Iskanders Kopf. Der arbeitete ruhig und konzentriert. Khwaju hingegen schlenderte rauchend über den Parkplatz; er überprüfte unauffällig, ob tatsächlich niemand etwas bemerkt hatte.

Iskander war fertig und ging zum Streifenwagen. Er verstaute seine Bastelei unter dem Fahrersitz, verlegte einen Draht zur Tür, schlug sie vorsichtig zu, schloß sie ab und überprüfte auch alle anderen Türen und Fenster. Dann zog er etwas aus seiner Jackentasche, das wie eine kleine Fernbedienung aussah, und drückte auf einen Knopf. Wuttke verkrampfte sich, doch nichts geschah. Iskander nickte zufrieden, also hatte auch nichts geschehen sollen.

Khwaju kam angeschlendert und sagte etwas zu Iskander.

Alles in Ordnung, die beiden kamen zum Porsche. Sie schlossen die Handschellen auf. «Tempo», Iskander zog an seinem Arm, «wir müssen hier weg.»

Khwaju nahm den Platz am Steuer des Porsche ein und startete sofort, blieb aber noch stehen, bis sich der LKW in Bewegung setzte.

Erst als Wuttke, Iskander neben sich, mit Tempo hundert über die Autobahn in Richtung Fulda fuhr, wagte er Iskander anzusprechen. «Ihr habt Bombe gebaut?»

«Ja», sagte Iskander. «Ich bin dir keine Erklärung schuldig, aber ich sage es, damit du siehst, daß wir es ernst meinen. Der Sprengsatz wird in zwei Stunden detonieren. Es wird schwer sein, aus den Spuren zu lesen, was dort passiert ist. Und in zwei Stunden sind wir schon herunter von der Autobahn.»

«Und wenn man ihn vorher findet?»

«Wird die Tür geöffnet, geht die Bombe ebenfalls hoch. Und darum: Gib Gas!»

«War es wirklich nötig, die beiden Polizisten zu erschießen?»

«Und ob das nötig war! Stell keine dummen Fragen. Sei froh, daß du noch lebst! Warum hast du nicht gesagt, daß der andere Container leer ist?»

«Ihr habt mich nicht danach gefragt!»

Iskander biß sich auf die Lippe und starrte auf die Autobahn. Leider hatte der Kraftfahrer recht. Das minderte seine Überlebenschancen beträchtlich.

ACHT

«Wenn ich dabei bin, gibt es keinen Ärger», sagte Beck. «Jedenfalls nicht hier. Drei Bier und die Karte!» rief er dem vorbeihuschenden Kellner zu.

«Wenn du das vorher wußtest, weshalb hast du uns dann dazugeholt?» fragte Klinger.

«Damit ihr unsere Stadt besser kennenlernt. Außerdem macht es doch Spaß, oder?»

«Na ja, solange sie uns nicht filmen, hält der Spaß sich in Grenzen», sagte Klinger, aber er grinste dabei. Es machte tatsächlich Spaß, den Produktionsleiter eines Fernsehteams über den Hamburger Kiez zu begleiten und dabei finstere Blicke um sich zu werfen. Es wurde mal wieder in St. Pauli gedreht, und aus Erfahrung wußte die Firma, daß Leibwächter auf keinen Fall schaden konnten. Der Produktionsleiter hatte Beck angesprochen, der das schon einmal für ihn getan hatte. Inzwischen freilich hatte er Arbeit, und was für eine, doch da gerade nichts zu tun war, hatte er – um in Übung zu bleiben – angenommen und sogar noch seine Freunde mitgebracht, Klinger und Jensen.

Jensen war die Frau im Team. Mitte Zwanzig und nicht nur nach Becks und Klingers Meinung sehr attraktiv. Nach Meinung von Beck «die Künstlerin unter uns», wobei nicht ganz klar war, ob er ihre Fähigkeiten als Jazzgitarristin oder als Scharfschützin meinte. Sie saß schweigend da, tat, als höre sie den flachsenden Männern zu, schenkte aber dem Nachbartisch Aufmerksamkeit.

«Wodurch machst du eigentlich Eindruck?» lamentierte Klinger, der sich als High-Tech-Experte mal wieder intellektuell unterfordert fühlte. «Mal abgesehen von deinem markanten Gesicht. Ich meine, gegen den Türsteher vorhin bist du ein Hänfling wie ich gegen dich. Mich wollte er gerade wegpusten, da kamst du, und sofort war er scheißfreundlich. Ich weiß, daß du ihn in Stücke zerlegen kannst, aber woher weiß er das?»

«Aus Erfahrung.» Beck grinste, machte aber keine Anstalten, genauer zu werden. Denn es war zwar komisch gewesen, den Luden ihre Grenzen zu zeigen, doch daß er sich überhaupt mit ihnen einlassen mußte, war ein gern verschwiegenes Kapitel seines Lebens. Er war bei der GSG 9 gewesen, bis ihn seine Frau verlassen hatte. Da kam er aus dem Tritt, trank, fing Streit mit Kollegen an, verprügelte einen Vorgesetzten und wurde hinausgeworfen. Eine Zeitlang hatte er jeden Job angenommen und war nirgends lange geblieben. Genaugenommen war er auf dem direkten Weg in die Fremdenlegion gewesen, als das Wunder geschah und er doch noch Arbeit fand, die ihm wieder Halt gab. Weshalb er sich im Milieu so gut auskannte, mochte er Klinger nicht auf die Nase binden, obwohl er sich dessen nicht schämte und obwohl der es sich wahrscheinlich denken konnte. Ein paar Geheimnisse mußte es auch zwischen Kollegen geben. Und wenn es nur ein ungeliebter Vorname war. Oder eine untreue Frau.

«Die Typen gefallen mir nicht», sagte Jensen leise.

Klinger schenkte ihnen einen kurzen Blick. «Stimmt», bestätigte er. «Es gibt ansprechendere Vertreter der Gattung Mann in diesem Raum. Sogar an deinem Tisch, falls dir das noch nicht aufgefallen ist.»

Jensen warf ihm einen abschätzenden Blick zu, und er rückte sich in Positur, doch sie sagte: «Seht sie euch an. Die hecken etwas aus.»

Am Nachbartisch saßen fünf dunkelhäutige Männer und unterhielten sich sehr leise, obwohl hier sicher niemand ihre Sprache verstand. Die kleine Gaststätte in einem winzigen Fachwerkhaus in einem Hinterhof der Großen Freiheit gehörte einem Thailänder. Sie war abstrus eingerichtet, fast wie ein deutsches Wohnzimmer, an das die Hausfrau zur ewigen Erinnerung Motive von ihrer Asienreise gepappt hat. Jedenfalls war das kein typischer Ganoventreff, und sie waren ja auch nur hierhergekommen, um vor dem Drehen in Ruhe etwas zu sich zu nehmen.

Klinger betrachtete den Nachbartisch ein zweites Mal. «Irgendwelche Ausländer halt», sagte er. «Zieh nach Ottensen, da siehst du sie alle Tage.»

Ein wütender Blick von Jensen. «Du kennst mich genau genug, um zu wissen ...»

«Ich weiß», unterbrach Klinger. «Ausländer, laßt uns nicht mit den Deutschen allein. Immer politisch korrekt. Du verdächtigst sie nicht weil, sondern obwohl sie Ausländer sind.»

«Hör auf zu flachsen», knarzte Beck. «Ich weiß, was Jensen meint.»

«Das Gespür des Ex-Bullen. Du witterst einen Verbrecher eine Meile gegen den Wind.»

«Ja», sagte Beck trocken.

Der dritte Blick von Klinger, der nicht gern auflaufen mochte. «Ich sehe es auch», gab er zu. «Es gibt drei Sorten von Verbrechern. Die erste, der man es nicht ansieht. Das ist zum Glück eine Minderheit. Die zweite, die es geschafft hat. Die sehen aus wie erfolgreiche Geschäftsleute, meist nicht mal vulgärer. Das ist zum Glück auch eine Minderheit. Die da gehören entschieden zur dritten Sorte. Arme Schweine, die mit Macht nach oben wollen und keine Gemeinheit scheuen, außer wenn sie sich nicht trauen. Das übliche Pack.»

«Erst nimmst du mich nicht ernst, dann hältst du Vorträge», maulte Jensen. «Wenn du schon so schlau bist – aus welchem Land kommen die?»

Klinger brauchte keinen vierten Blick. «Indien», sagte er – offenbar etwas zu laut, denn einer der Männer wandte sich um, blickte ihn finster an und schüttelte verächtlich den Kopf. Dann wandte er sich wieder seinen Landsleuten zu und tuschelte mit ihnen.

«Der Blick bedeutete: Wir sind aus Pakistan, du ignoranter Europäer», sagte Jensen leise.

«Das haben wir nun herausgefunden», erwiderte Klinger. «Aber was sie aushecken, wissen wir immer noch nicht.»

«Wir hauen ihnen ein paar aufs Maul, dann lassen sie es vielleicht bleiben», schlug Beck vor.

Klinger wollte eine witzige Replik anbringen, da klingelte sein Handy. «Klinger … Ja … Sofort?» Er steckte das Handy in die Jackentasche zurück.

«Ein andermal vielleicht. Sag tschüs zu deinem Produktionsleiter.»

«Omega?» fragte Jensen.

Klinger nickte. «Auf in den Kampf!»

NEUN

Staub, überall Staub. Er kroch Ohlhammer in die Nase, reizte seine Schleimhäute, doch zwang er sich, auf keinen Fall zu niesen. Die Federn der Couch quietschten, und der Spediteur erstarrte. Der Wächter atmete weiterhin regelmäßig, also war er nicht erwacht. Was der andere machte, wußte er nicht. Entweder er schlief in einem Nebenraum, oder er bewachte den Bauernhof.

Als Ohlhammer mitbekommen hatte, daß die Terroristen einen leeren Container entführt hatten, war ihm zum Lachen gewesen, doch das verging ihm, als er Trautmann zu Gesicht bekam – mit blutigem Handverband und Brandwunden unter beiden Augen. Nein, die machten keinen Spaß, und wenn sie so weit gegangen waren, dann gingen sie auch noch weiter. Hier stand nicht nur sein Besitz oder seine Freiheit, sondern auch sein Leben auf dem Spiel.

Da traf es sich günstig, daß die Hälfte der Terroristen mit Wuttke ausgeschwärmt war, um die echte Fracht zu holen. Nur zwei Posten blieben zurück, und beide waren zwar drahtige Burschen, aber sicher nicht so kräftig wie der Spediteur und sein Fahrer. Allerdings fiel Trautmann aus; zumindest mit der linken Hand konnte er in den nächsten Wochen nicht zuschlagen.

Leider waren sie absolut nicht unerfahren. Die beiden Gefangenen wurden gefesselt, und zwar ziemlich gründlich in Anbetracht der Tatsache, daß es sich um unbewaffnete, unerfahrene Zivilisten handelte, von denen einer schwer verletzt war. Hände und Füße wurden mit Stricken umwunden. Trautmann durfte immerhin auf dem Sofa liegen, und die

Hände waren vor dem Bauch gefesselt. Ohlhammer hingegen hatte die Arme nach hinten legen müssen beim Binden, und sie waren so fest verschnürt, daß ihm das Blut stockte. Als er sich darüber beklagte, lockerte der Posten im Zimmer sie immerhin etwas, aber die Selbstbefreiung blieb unmöglich. Unmöglich? Es waren Stricke, keine Handschellen.

Ohlhammer saß auf einem Stuhl nahe beim Sofa und plauderte leise mit Trautmann. Das war nicht verboten, obwohl der Wächter kein Wort verstand. Der saß auf einem Sessel, die Maschinenpistole im Schoß. Zu erkennen war nicht viel; es brannte lediglich eine Kerze. Im Haus gab es keinen elektrischen Strom, abgesehen von den Taschenlampen der Pakistanis. Und dann war der Posten auf einmal eingeschlafen. Ohlhammer hatte sein Glück kaum glauben können. Er hatte Trautmann signalisiert, kein Wort zu sagen. Und sie hatten zehn Minuten geschwiegen. Dann hatte Ohlhammer es gewagt. Er war aufgestanden, langsam, ganz langsam, war einen Augenblick stehengeblieben, das Herz hämmerte in den Schläfen, nein, keine Regung, also weiter, ganz vorsichtig, mit zusammengebundenen Füßen war er so geräuschlos wie möglich zum Sofa hinübergerutscht, eine Strecke von kaum mehr als einem Meter, die ihm wie eine Marathondistanz erschienen war. Wieder hatte er gewartet, ehe er es wagte, sich umzuwenden und auf die Couch zu setzen. Das Quietschen der alten Federn schrillte in seinen Ohren unangenehmer als ein Wecker, das konnte niemand überhört haben, doch der Wächter schlief.

Ohlhammer legte sich – langsam, sehr langsam – rücklings über Trautmanns Bauch. Der stöhnte gedämpft auf, doch machte er sich sofort ans Werk. Ohlhammer versuchte, den Oberkörper wieder ein wenig aufzurichten, um nicht mit seinem ganzen Gewicht auf der verletzten Hand zu liegen und um Trautmann mehr Bewegungsspielraum zu geben. Doch seine Bauchmuskeln zitterten bereits nach einer Minute, und er erschlaffte. Trautmann unterdrückte das Stöhnen und knüpperte weiter am ersten Knoten herum. Mit einer Hand war das nicht einfach, doch schließlich schaffte er es und löste den zweiten Knoten. Und immer noch atmete der Wächter ruhig und gleichmäßig. Ohlhammer unterdrückte den Niesreiz und wartete mit hämmerndem Herzen darauf, daß sich die Fesseln endlich lockerten.

Als es soweit war, stockte ihm der Puls. Eine kleine Ewigkeit – wahrscheinlich waren es nur Sekunden – blieb er reglos liegen, dann richtete er sich vorsichtig auf, nun konnte er sich ja abstützen, die Federn quietschten dennoch. Ohlhammer saß auf der Couch. Das mußte der Wächter gehört haben! Nein, er schlief noch immer. Gut so. Der Spediteur löste seine Fußfesseln, dann glitt er vorsichtig vom Sofa, kniete sich davor und löste die Fesseln seines Fahrers. Bei Trautmann waren sie schonender vorgegangen, außerdem ging das Lösen von Knoten mit unverletzten Händen wesentlich leichter. Eine Minute später war auch der Fahrer frei.

Sie sprachen kein Wort, verständigten sich durch Blicke. Beide wußten, daß das Schwerste noch vor ihnen lag. Es war zweifelhaft, ob es ihnen gelingen würde, ungesehen am Posten vorbeizukommen. Sofern er nicht gerade im Koma lag, würde er erwachen, wenn zwei Männer an ihm vorbei zur Tür liefen, also gab es keine Wahl. Sie mußten den Mann ausschalten. Es war Rahmat Ali. Den Namen kannten sie natürlich nicht; Terroristen stellen sich nicht vor. Ausschalten – das dachte sich schnell dahin. Wie konnte das in der Wirklichkeit aussehen? Sollten sie die drei Meter zum Sessel rennen und ihn sofort niederschlagen? Oder waren auch hier die langsamen Bewegungen angebracht, die sich beim Lösen der Bande bewährt hatten? Also hinüberschleichen, ihm dann schnell die Waffe entreißen und gegen die Schläfe schlagen? Sie wagten es noch immer nicht, sich durch Worte zu verständigen. Blicke mußten reichen. Doch wie signalisiert man das Aktionstempo? Ohlhammer machte gemessene Gesten. Trautmann nickte. Hatte er ihn wirklich verstanden? Es schien so, denn auf Ohlhammers Geste hin setzte er sich langsam in Bewegung. Ein Schnarcher ließ die beiden erstarren. Rahmat schluckte und atmete wieder gleichmäßig. Wir schaffen es nicht, dachte der Spediteur. Wir sind für so etwas nicht geschaffen. Dem Fahrer schien es ähnlich zu gehen, er stand reglos neben seinem Chef und wagte nicht zu atmen. Wir kommen hier nie raus. Wir werden sterben. Nein, das darf nicht sein. Das ist ein Hänfling, und er schläft. Wir schaffen es, weil wir müssen. Wir schaffen es, weil wir es wollen. Ohne daß sie sich ein Zeichen gaben, wagten sie den nächsten Schritt. Und noch einen. Nur noch ein Meter. Ein einziger Schritt, und sie könnten ihn erreichen.

Rahmat schlug die Augen auf und grinste. «Und jetzt?» fragte er.

Trautmann sprang ihn an und griff nach der Waffe. Rahmat zog sie lässig beiseite und schlug sie ihm mit der gleichen Bewegung über die verletzte Hand. Der Fahrer schrie, doch jetzt war auch Ohlhammer da. Zwar hatte er in den letzten Jahren keinen Sport mehr getrieben, doch war er immer noch recht kräftig. Ein Schlag gegen die Schläfe würde den Pakistani fällen. Nur war da keine Schläfe. Ohlhammer strauchelte durch die Wucht seines eigenen Schlages, der ins Leere ging. Rahmat hatte sich geduckt. Seltsamerweise schoß er nicht, rief auch nicht den anderen Posten. Der einzige, der Lärm machte, war Trautmann. Er schrie vor Schmerz und Wut und ließ sich auf den Pakistani fallen, der noch immer saß. Trautmann sprang gegen den Sessel. Rahmat bewegte sich so schnell und geschmeidig, daß seine Gefangenen keine Chance hatten. Plötzlich stand er hinter ihnen, trat Trautmann in die Nieren, daß der bäuchlings auf dem Sessel liegenblieb, und schlug gleichzeitig Ohlhammer die Maschinenpistole in den Magen. Der schrie, aber er wußte, daß alles verloren war, wenn er dem Schmerz nachgab. Er brauchte es nicht einmal zu denken, sein Körper übernahm die Regie, die Arme breiteten sich von allein aus, er riß den Pakistani an sich, umklammerte ihn und versuchte ihm die Bewegungsfreiheit zu nehmen.

Rahmat ließ die Waffe los. Sie fiel dennoch nicht herunter, so eng waren sie aneinandergepreßt. Jetzt erst bemerkte Ohlhammer, daß sein Gegner wesentlich kräftiger war, als er aussah. Fast mühelos wand er eine Hand aufwärts aus der Umklammerung, drückte kräftig gegen Ohlhammers Adamsapfel. Der Spediteur gurgelte, schluckte, würgte, schnappte nach Luft. Er preßte die Arme noch fester um den Pakistani. Zum ersten Mal bekam Rahmat ernstliche Probleme. Sein Kopf lief rot an, er spannte die Muskeln an und schob die Fingerkuppen noch fester gegen den Adamsapfel.

Trautmann war wieder auf den Beinen und holte mit der unverletzten Rechten zu einem wuchtigen Schlag gegen den Kopf seines Peinigers aus. Plötzlich wurde der Arm gepackt, und ehe Trautmann begriff, was ihm geschah, wurde er über eine Schulter gezogen und flog durch die Luft. Die Landung war sehr schmerzhaft, er blieb benommen liegen. Ali Ghulam hatte in den Kampf eingegriffen.

Ghulam ging zu den beiden anderen, die noch immer eng umklammert waren, bog Ohlhammers Hände auf, zerrte ihn beiseite, drehte ihm die Arme auf den Rücken und ließ ein paar Handschellen zuschnappen.

«Ihr Schweine!» brüllte Ohlhammer. In seiner Erregung schrie er es auf deutsch.

Ghulam gab ihm eine kräftige Ohrfeige und schubste ihn auf einen Stuhl. Nun rappelte sich Trautmann auf. «An die Wand!» sagte Ghulam und machte mit seiner Pistole eine eindeutige Geste.

«Warum?» fragte Trautmann, dem Böses schwante.

«He asks: Why?» übersetzte Ohlhammer.

«Weil ich es sage», erwiderte Ghulam. Er wartete die Übersetzung nicht ab, sondern sprach weiter. «Ich verstehe es, daß ihr es versucht habt. Das hätte jeder an eurer Stelle getan. Aber ihr werdet auch unsere Seite verstehen. Das dürfen wir euch nicht durchgehen lassen! Ihr würdet es immer wieder versuchen. Und das geht ja nicht. Unsere Mission ist wichtiger als euer Leben. Es geht nicht darum, unser Leben zu schützen. Das liegt in Allahs Hand, und wir geben es gern hin, wenn er es von uns zurückfordert. Wir müssen die Mission schützen.»

«Was soll das heißen?» fragte Ohlhammer.

«Wir haben eindeutige Anweisungen für den Fall, daß ihr einen Fluchtversuch unternehmt. Du bist im Augenblick schwerer entbehrlich. Er hingegen spricht nicht mal Englisch und wird nicht mehr gebraucht.»

«Er hat Frau und Kinder», sagte der Spediteur, der sehr gut begriff, worauf der Mann hinauswollte, auch wenn er es einfach nicht glauben konnte.

«Sie werden darüber hinwegkommen», sagte Ghulam.

«Was ist los?» fragte Trautmann, der kein Wort verstanden hatte.

«Sie wollen dich erschießen!» sagte Ohlhammer.

«Nein ... Das ... Das könnt ihr nicht machen! Bitte! Bitte nicht! Nein!» Er kniete nieder und faltete flehentlich die

Hände, nicht bedenkend, daß er die christliche Geste an Moslems verschwendete.

«Sag ihm, er soll aufstehen und sich zur Wand drehen», sagte Ghulam. «Auch beim Sterben sollte man seine Würde wahren.»

«Nein, das übersetze ich nicht!» sagte Ohlhammer.

«Dann laß es sein.» Ghulam setzte dem knienden Trautmann die Pistole an die Stirn und drückte ab.

ZEHN

«Es ist ohne Zweifel eine ehrenwerte Aufgabe, untergetauchte Ehegatten zu suchen», sagte Klinger, «und wer tut nicht gern ein gutes Werk, nur frage ich mich, ob es sich mit den Prinzipien von Omega vereinbaren läßt, die Arbeit von Privatdetektiven zu erledigen. Wir haben ein Statut, Herr Jacobi, von Ihnen formuliert und von uns allen angenommen. Und darin heißt es, daß Omega nur wirksam wird in Fällen von Schwerstkriminalität – mit der ausdrücklichen Zielsetzung, dem organisierten Verbrechen Einhalt zu gebieten. Solange exakte Definitionen fehlen, kann man zwar über Inhalte streiten, doch scheint mir sicher zu sein, daß ein abgetauchter Fuhrunternehmer nicht mal dann in unsere Zuständigkeit fällt, wenn er tatsächlich entführt oder ermordet wurde, wofür es übrigens keinen einzigen Anhaltspunkt gibt.»

Die provisorische Zentrale des Omega-Teams befand sich momentan in Jacobis Villa, da das Hauptquartier der Truppe gerade ausgebaut wurde. Es befand sich in einem unscheinbaren einstöckigen Betongebäude im Freihafen. Zu Anfang hatte der Gründer und Erfinder des Teams das Büro seiner Reederei, gelegen im Sloman-Haus mit Blick auf den Hafen, für die Treffen genutzt. Doch da sie häufig abends oder nachts zusammenkamen, fiel das auf. Auch wenn Victor Jacobi großen Wert darauf legte, mit seiner privaten Einsatztruppe gegen die organisierte Kriminalität die Gesetze nicht zu verletzen, war ihm sehr daran gelegen, daß ihre Aktivitäten nicht allzu sehr bekannt wurden.

Jacobi musterte sein Team der Reihe nach. Keine Überraschung, daß es ausgerechnet Klinger war, der diskutieren wollte. Er kehrte gern den Intellektuellen heraus und ließ sich nie die Gelegenheit zum Widerspruch entgehen. Er würde sich schon noch die Hörner abstoßen mit den Jahren, war ja gerade erst Anfang Dreißig. Wahrscheinlich würde irgendwann sogar sein blonder Pferdeschwanz dran glauben müssen.

Beck würde hingegen Jacobi zustimmen, nicht weil er ein Jasager war, sondern weil er an Jacobi glaubte. Bei der zart wirkenden Jensen war er sich weniger sicher, wie sie reagieren würde. Bei der Verbrechensbekämpfung war sie verbissener als er. Ihr Vater, Staatssekretär im Innenministerium, war einem Attentat zum Opfer gefallen, die Mutter, die zufällig im Auto saß, unbeabsichtigt mit in die Luft gesprengt worden. Das hatte die angehende Bankerin aus der Bahn geworfen. Seitdem war sie fast schon fanatisch hinter den Verbrechern her, mußte eher gebremst als angetrieben werden. Solange ein Verbrechen im Fall des verschwundenen Ohlhammer nicht auszuschließen war, würde sie wohl ihre ganze Kraft einsetzen, ihn wiederzufinden.

Das – und mehr – wußte Jacobi; dennoch fragte er sein Team. Da der Fall tatsächlich noch sehr vage war, hielt er das für angemessen.

«Suchen wir ihn», sagte Beck, wie erwartet, fügte aber – überraschenderweise; bei der Arbeit und besonders auf Sitzungen gab er sich wortkarg – hinzu: «Wenn jemand entführt oder ermordet wurde, ist das für mich ein schweres Verbrechen, auch wenn es nur ein Einzeltäter war und keine Bande.»

«Jensen?» fragte Jacobi.

«An die Arbeit», sagte sie.

«Eindeutig die Mehrheit», sagte Jacobi.

«Okay», Klinger grinste. «Überstimmt. Wußte gar nicht, daß Omega eine demokratisch geführte Organisation ist. Ich bin übrigens nicht dagegen, im Fall Ohlhammer aktiv zu werden. Ich möchte nur zu Protokoll geben, daß wir uns nicht eindeutig an unser Statut halten, egal was Beck über Schwerstverbrechen denkt.»

«Klinger, du nervst», sagte Jensen.

«Zur Sache.» Jacobi deutete vage auf einen der Computer. «Ohlhammer ist im Moment nicht eben zahlungskräftig. Die Spedition hält sich gerade so über Wasser. Nur seine Frau scheint das nicht zu wissen. Viel zu holen ist bei ihm nicht, Erpressung mit Lösegeldforderung ist also unwahrscheinlich. Desgleichen ein Verkehrsunfall. Die Routineermittlung hat ergeben, daß er in keinem Krankenhaus liegt und daß kein unbekannter Toter oder nicht identifizierter Verletzter in Deutschland registriert wurde.»

«Er kann im Ausland sein», warf Klinger ein.

«Richtig», sagte Jacobi und deutete wieder vage auf den Computer. «Die Recherche läuft noch. Halten wir uns einstweilen an das, was bekannt ist. Ohlhammer wurde heute ungewöhnlich früh angerufen und verließ seine Wohnung. Er sagte, es handle sich um ein Firmenproblem, und da er sich, soweit seine Frau weiß, mit nichts anderem beschäftigt, ist das nicht unglaubwürdig. In der Firma ist er nicht angekommen, und niemand konnte seiner Frau sagen, wo er ist oder womit er sich derzeit beschäftigt. Ich denke, da sollten wir ansetzen.» Er gab ihnen die Adresse. «Der Nachtdispatcher ist noch da. Außerdem die Sekretärin und mindestens zwei Fahrer. Veranlaßt von Frau Ohlhammer. Vorschläge oder Fragen?»

«Eine Frage.» Natürlich Klinger. «Was ist unsere Legende? Als was treten wir auf?»

«Als Privatdetektive. Liegt doch nahe. Sie haben es selbst gesagt: Das ist die Arbeit von Privatdetektiven.»

ELF

Die Sekretärin, eine füllige blondierte Dame mittleren Alters, wußte nicht mehr, als sie der Frau des Chefs bereits mitgeteilt hatte: absolut gar nichts.

«Fangen wir mal anders an», sagte Jensen. «Sie haben sicher einen Kalender. Was für Termine sind denn heute für Ihren Chef notiert?»

«Gar keine», erwiderte die Sekretärin. «Der Chef ist da ein bißchen eigen. Größtenteils macht er seine Termine selber. Ich trage nur die Fahrten ein und führe das Auftragsbuch.»

Klinger ließ es sich geben und studierte die Einträge. Jensen setzte die Befragung fort. «Als Chefsekretärin bekommt man ja so einiges mit und weiß meist mehr als der Chef. Wann wollte er denn heute kommen?»

«Gegen Abend, hat er gesagt.»

«War das üblich, daß er tagsüber nicht erschien?»

«Es kam selten vor, aber manchmal hatte er auswärtige Termine und übernahm sogar selbst mal eine Fuhre, wenn ein Fahrer krank war.»

«Ist denn ein Fahrer krank?»

«Nicht daß ich wüßte.»

«Fehlt ein LKW?»

«Wer sollte denn einen Lastwagen stehlen?»

«Soll schon vorgekommen sein, gnädige Frau.»

«Aber doch nicht bei einer Spedition.»

«Alle Fahrzeuge sind unterwegs», sagte Beck, der in diesem Augenblick das Büro betrat. Er hatte die beiden Fahrer und den Nachtdispatcher befragt, die auf die Detektive gewartet hatten und nun endlich Feierabend machen wollten.

Klinger deutete auf den Einsatzplan an der Wand: «Sind da alle Fahrten eingetragen?»

Die Sekretärin zuckte vage die Schultern. «Im Prinzip ja.»

«Oder unternehmen Sie auch Fahrten, die nicht über die Bücher laufen?» bohrte Klinger.

«Ich bin doch nur die Sekretärin.»

«Also ja», konstatierte Klinger.

Jensen gab den Männern ein Zeichen, daß sie schweigen sollten. Die beiden widmeten sich dem Studium des Auftragsbuches.

«Zwei LKW fehlen ganz offensichtlich auf dem Plan», stellte Klinger nach einer Weile fest.

«Was ist denn, Frau Nadersen?» begann Jensen. «Ich sehe doch, daß Ihnen etwas auf dem Herzen liegt. Uns können Sie es ruhig sagen. Wir sind nicht die Polizei. Wir arbeiten für die Frau Ihres Chefs. Er ist verschwunden. Wir wollen und werden ihn finden. Und das wollen Sie doch auch? Was auch immer wir bei unseren Untersuchungen nebenbei bemerken, wir schweigen darüber gegenüber jedermann außer unserem Auftraggeber. Da sind wir nicht anders als Priester bei der Beichte. Sie können uns vertrauen. Vielleicht hilft es uns, auf jeden Fall erleichtert es Sie.»

«Ich weiß wirklich nichts», sagte die Sekretärin. «Er hat mir nichts gesagt. Aber er war so komisch in den letzten Tagen ...»

«Wie meinen Sie das?»

«Nervös. Nicht ganz bei der Sache. Sonst sagt er mir alles. Diesmal kein Wort. Ist nichts, Naderchen, zerbrich dir nicht meinen Kopf. Es klang komisch, aber nicht lustig. Unecht, das ist das Wort. Als ob er selbst nicht überzeugt war.»

«Hatte das etwas mit dem Geschäft zu tun, oder war es ein privates Problem? Was meinen Sie?»

«Der Chef hat nicht viel Privatleben neben dem Geschäft. Nein, das war etwas Berufliches, da bin ich ganz sicher.»

«Kann es mit den finanziellen Schwierigkeiten zusammenhängen, in denen die Spedition steckt?»

«Das haben Sie aber nicht von seiner Frau. Oder hat sie es inzwischen herausbekommen?»

«Noch nicht, glaube ich.»

«Erzählen Sie es ihr bitte nicht, wenn es nicht unbedingt sein muß. Er hat gesagt, er schafft es, uns aus dem Loch zu holen.»

«Und wie?»

Frau Nadersen überlegte, dann schüttelte sie den Kopf. «Ich müßte spekulieren, und das will ich nicht. Ich glaube auch nicht, daß er einen bestimmten Plan hat. Er will einfach lukrativere Aufträge an Land ziehen.»

«Und am lohnendsten sind illegale Fuhren, das denken Sie doch.»

Die Sekretärin verzog einen Mundwinkel.

«Wie erreichen Sie Ihre Fahrer eigentlich unterwegs?» mischte sich Klinger in das Gespräch.

«Über Telefon. Jeder hat ein Handy. Auf Firmenkosten natürlich. Herr Ohlhammer hat in den letzten Jahren viel Geld in den Betrieb gesteckt. Er wollte ein modernes Unternehmen führen. Wollte? Ich spreche von ihm, als ob er tot wäre!»

«Haben Sie die Nummern?» fragte Klinger.

Frau Nadersen wählte für ihn auf ihrem Telefon und reichte ihm den Hörer. Sofort meldete sich der Anrufbeantworter. «Spedition Ohlhammer, Trautmann. Ich bin im Augenblick nicht zu erreichen. Hinterlassen Sie Ihre Nummer, ich rufe schnellstmöglich zurück.» Piep.

«Herr Trautmann, bitte rufen Sie sofort im Büro der Firma an. Die Nummer ist, äh …»

«Auf seinem Handy programmiert», half die Sekretärin.

«Ist programmiert. So schnell wie möglich. Egal, wie spät es ist.»

Auch Wuttkes Anrufbeantworter meldete sich sofort. Sie unternahmen – nicht zum ersten Mal – noch einen Versuch mit Ohlhammers Nummer. Alle drei Telefone waren abgestellt. Es war noch nicht einmal 22 Uhr; daß sie schliefen, gar alle drei, war sehr unwahrscheinlich.

«Stellen wir fest», sagte Jensen, «daß nicht nur der Chef unauffindbar ist, sondern auch zwei seiner Fahrer und zwei seiner LKW. Das ist ...»

«Was ist das eigentlich für eine Tür?» unterbrach Beck. Er hatte an die Bespannung geklopft und festgestellt, daß darunter Stahl war.

«Sie führt zum Büro von Herrn Ohlhammer», gab die Sekretärin Auskunft.

Beck klinkte. «Verschlossen», sagte er. «Machen Sie bitte auf. Vielleicht finden wir dort einen Hinweis.»

«Bestimmt, aber das geht nicht.»

«Sie wollen doch nicht sagen, daß Sie keinen Schlüssel haben?» bemerkte Klinger.

«Doch, also nein, ich habe keinen Schlüssel.»

«Sie dürfen das Büro Ihres Chefs nicht betreten?» fragte Jensen ungläubig.

«Natürlich darf ich das. In seiner An- und Abwesenheit. Aber wenn er die Firma verläßt, schließt er ab. Es gibt nur den einen Schlüssel. Das heißt, einen zweiten hat er in einem Bankschließfach hinterlegt, für alle Fälle.»

«Was ist denn hinter der Tür?» Beck kniete nieder, als wollte er durch das Schlüsselloch spähen, aber er betrachtete das Sicherheitsschloß.

«Schreibtisch, Computertisch, Klubtisch, ein paar Sessel.

Und der Tresor. Die Geschäftspapiere werden hier vorn aufbewahrt, sein Büro ist nicht größer als meines, und er braucht den Platz für Geschäftspartner.»

«Und?» fragte Klinger.

«Kein Problem», sagte Beck und verließ das Büro.

«Wie meint er das?» fragte die Sekretärin.

«Er holt seine Ausrüstung aus dem Wagen», erklärte Jensen. «Sagen Sie, Frau Nadersen, sind wir eigentlich die einzigen, die ihn vermissen?»

«Wie meinen Sie das?»

«Na, hat zum Beispiel einer Ihrer Kunden angerufen, den er möglicherweise versetzt hat?»

«Ja. Gerade vorhin. Ich war nur noch hier, weil ich auf Sie gewartet habe. Ein Herr mit süddeutschem Akzent.»

«Was wollte er?»

«Grüß Gott, ich möchte den Herrn Ohlhammer sprechen. Der ist nicht da, habe ich geantwortet, und er, wann er das letzte Mal Kontakt aufgenommen hat, gestern, sag ich, darauf er, ob ich wohl eine Ahnung habe, wo er steckt. Nein. Aber es ist sehr dringend und im Interesse von Herrn Ohlhammer, wenn ich ihm eine Verbindung zu ihm schaffe. Das war nicht möglich, und da hat er aufgelegt.»

«Haben Sie Namen und Nummer?»

«Den Namen hat er nicht gesagt, aber die Nummer wird ja auf dem Display angezeigt. Ich habe sie routinemäßig notiert.» Frau Nadersen nahm ihren Notizblock und hielt ihn Jensen vor die Augen.

«Das ist eine Vorwahl in Bayern», stellte Jensen fest. «Rufen wir einfach mal an.»

Frau Nadersen wählte und hielt Jensen den Hörer hin.

«Einhard», meldete sich ein Mann am anderen Ende der Leitung.

«Firma Ohlhammer, Nadersen», sagte Jensen zur Verblüffung der Sekretärin und kniff ein Auge zu. «Sie haben vorhin bei uns angerufen und nach dem Chef gefragt.»

«Haben Sie ihn etwa gefunden?» fragte Einhard.

«Eben nicht, das macht uns ja besorgt», sagte Jensen. «Vielleicht finden wir ihn ja gemeinsam. Was wollte er denn bei Ihnen? Wann waren Sie verabredet?»

«Überhaupt nicht. Ich wollte ihn nur sprechen.»

«Worum geht es? Sicher kann ich Ihnen weiterhelfen.»

«Schön wär's. Lassen Sie man, gute Frau. Woher haben Sie eigentlich meine Nummer? Von Ohlhammer?»

«Wieso? Ist sie geheim?»

«Allerdings.»

«Dann müssen Sie die automatische Rufnummerübermittlung deaktivieren lassen», sagte Jensen. Piksen wir ihn mal an, fiel ihr ein: «Ich mache mir wirklich ernste Sorgen um den Chef. Ich glaube, ich werde die Polizei verständigen.»

«Nein! Hören Sie, Frau, äh, das ist nicht nötig. Machen Sie mal nicht die Pferde scheu. Was soll schon sein! Er gönnt sich mal einen freien Abend. Ja, ich glaube, das wollte er, er hat so etwas angedeutet.»

«Also haben Sie heute schon mit ihm gesprochen?»

«Ja. Ist alles paletti.»

«Da unten bei Ihnen? Wann denn?»

«Er ist mittags weg. Gehen Sie man nach Hause, Frau, äh ...»

«Nadersen.»

«Frau Nadersen, überschlafen Sie die Sache, morgen ist er sicher wieder da. Und falls nicht, ist das immer noch kein Grund, die Polizei zu rufen. Er ist ein Mann im gefährlichen Alter, die schlagen manchmal über die Stränge. Also blamieren Sie ihn nicht unnötig. Wenn ich Ihnen einen Rat geben darf: Falls er wirklich nicht auftaucht und Sie sich Sorgen machen, holen Sie einen Privatdetektiv.»

«Dann reden wir mal Klartext, Herr Einhard», sagte Jensen und legte den freundlich-geschäftsmäßigen Sekretärinnenton ab. «Ich bin gar nicht Frau Nadersen, sondern die Detektivin, die sie engagiert hat. Mir scheint, Sie wollen mit aller Macht verhindern, daß wir die Polizei hinzuziehen. Warum?»

«Aber das will ich doch nicht verhindern! Da haben Sie mich völlig mißverstanden.»

«Was für ein Betrieb sind Sie denn?»

«Das hat mit Ohlhammers Untertauchen nichts zu tun!»

«Dann können Sie es mir desto unbefangener sagen. Oder ist das auch geheim? Ich bekomme es sowieso heraus, ich habe ja Ihre Nummer. Aber sicher sind Sie so freundlich, es mir zu verraten, da Sie ja nichts zu verbergen haben.»

«Neutran AG», knurrte Einhard. «Die Firma Ohlhammer hat mehrfach Transporte für uns unternommen, so auch heute. Stahlträger, absolut nichts Aufregendes. Ich habe nur angerufen, weil der Wagen noch nicht am Bestimmungsort eingetroffen ist.»

«Der Wagen?» fragte Jensen. «Waren es nicht zwei?»

«Nur einer.»

«Ah ja. Sie haben aber nicht nach dem Wagen gefragt, sondern nach Ohlhammer.»

«Weil ich nicht weiß, wie der Fahrer heißt, den Chef aber kenne. Mir scheint, Sie sind ein wenig berufskrank und wittern überall Geheimnisse, vor allem aber da, wo es keine gibt. Das gefällt mir nicht. Was mich betrifft, ist das Gespräch beendet. Gute Nacht!»

«Bingo», sagte Jensen erregt und legte auf.

«Bingo», sagte auch Beck, der während des Telefonats, unbemerkt von Jensen, den Raum betreten hatte und mit seinem Universalschlüsselset mühelos das Sicherheitsschloß geknackt hatte. Die Tür zum Allerheiligsten stand offen.

ZWÖLF

Iskander Shaheed Agha machte keine Anstalten, Ohlhammer und Wuttke in seine Pläne einzuweihen. Der Spediteur war beim Tod seines Fahrers Trautmann zusammengebrochen und hatte geschworen, alles zu tun, was die Entführer verlangten. Da er es auf deutsch geschworen hatte, war es so unerwidert wie unverstanden geblieben. Man bedeutete ihm, die Klappe zu halten, und als er das nicht tat, wurde er geknebelt.

Für Wuttke war es die dritte Leiche binnen weniger Stunden, und er hatte Trautmann nähergestanden als Ohlhammer, also war sein Nervenkostüm noch zerrütteter. Daß beide irgendwann trotz ihres Grauens vor dem Morgen, trotz der Kälte im unbeheizten Haus, trotz der Fesseln eingeschlafen waren, grenzte an ein Wunder. Es war kein erholsamer Schlaf gewesen, bei jedem Geräusch waren sie hochgefahren, und wenn es ruhig war, schreckten die Alpträume sie auf. Doch war es schon hell, als sie erwacht waren.

Unter Bewachung durften sie auf die Toilette gehen und sich anschließend Hände, Zähne und Gesicht mit eiskaltem Wasser befeuchten. Fragen stellten sie nicht. Sie fügten sich in ihr Schicksal. Irgend etwas schien man mit ihnen vorzuhaben, sonst wären sie schon tot. Da machten sie sich keine Illusionen, auch wenn das jenseits der Vorstellbarkeit lag.

Weshalb zum Teufel fuhren sie nicht los? Der Anführer wußte doch nun, wie der Müll außer Landes geschafft werden sollte. Weshalb tat er es nicht? Weil der Wagen längst überfällig war und man ihn nicht so leicht auf das Gelände der ASA lassen würde, schon gar nicht, wenn Terroristen am Steuer saßen? Aber die Chancen für eine zügige Aktion wurden mit jeder Minute schlechter. Das schien niemanden zu beunruhigen. Alle im halbverfallenen Bauernhaus hatten gute Laune, abgesehen von den Geiseln.

Der Anführer brachte ein Kofferradio mit extrem dünnem Klang und ließ Musik dudeln. Aus reiner Lebensfreude? Wenigstens das erklärte sich wenig später von allein. Er wollte Nachrichten hören, und Ohlhammer sollte übersetzen. Der Politikerhickhack um neue Gesetze und Reformen ließ Iskander kalt, desgleichen Gewerkschaftstagung und Antrittsvisite des Außenministers in Ungarn. Dann kam endlich, was er hören wollte. «Gestern gegen 23 Uhr explodierte auf einem Parkplatz an der A 7 aus bisher ungeklärter Ursache ein Funkstreifenwagen der Polizei. Die beiden Insassen konnten nur noch tot geborgen werden. Weitere Personen wurden nicht verletzt. Über die Ursache der Explosion liegen noch keine Erkenntnisse vor.»

Das war es schon. Mehr zu diesem Thema folgte nicht. «Entweder Nachrichtensperre, oder sie wissen wirklich nichts», überlegte Iskander laut.

Ohlhammer kommentierte das nicht; er wollte auf keinen Fall einen Fehler machen. Wuttke hingegen hielt es nicht aus, er fragte: «Wie geht das jetzt weiter mit uns?»

«Das erfahrt ihr, wenn es soweit ist», antwortete Iskander gut gelaunt. Er gab ein paar Anweisungen in seiner Muttersprache. Seine Leute verließen den Raum.

Wuttke und Ohlhammer saßen am Tisch, die Hände gefesselt, die Füße an die Stuhlbeine gebunden. Das wäre gar nicht nötig gewesen, denn sie dachten auf keinen Fall an Flucht. Das heißt, sie dachten andauernd daran, doch stets verbunden mit dem Gedanken: Auf keinen Fall, das wäre unser Tod. Sie sprachen nur gelegentlich miteinander, wenn sie die Stille nicht ertrugen. Sie wären sonst wahnsinnig geworden vor Angst.

Iskander war ein schweigsamer Wächter. Er grübelte vor sich hin, studierte den ADAC-Atlas von Deutschland, verglich und verwarf Routen. Seine Leute machten sich offenbar an den Lastkraftwagen zu schaffen. Einer kam herein und holte sich Anweisungen. Iskander gab sie in lockerem Tonfall. Dann grübelte er wieder. Allmählich wurde Ohlhammer klar, daß der Mann seine Fröhlichkeit nur aufgesetzt hatte, um seine Leute aufzumuntern und auf seine Gefangenen einen martialischen Eindruck zu machen. Ohlhammer sah ihm, als Iskander es nicht bemerkte, genau in die Augen. Der Terrorist war noch keine dreißig Jahre alt, doch er hatte den toten, traurigen, müden Blick eines alten Mannes. Die Aufgabe überforderte ihn. Iskander Shaheed Agha war verzweifelt. Das beruhigte Ohlhammer keinesfalls; er wußte, daß verzweifelte Menschen zu allem fähig sind.

DREIZEHN

«Das ist Sperrgebiet laut Karte», sagte Klinger. «Darf auf keinen Fall überflogen werden.»

«Dann schwenken wir ab und sehen es uns von unten an», schlug Beck vor.

«Ohne zu wissen, ob wir richtig sind?»

«Das bekommen wir von hier oben nicht heraus.»

«Auch richtig.» Klinger studierte die Karte und gab Beck die Richtung zum nächstgelegenen Privatflugplatz. Beck schwenkte ab und holte über Funk Landeerlaubnis ein.

Die beiden waren im Hubschrauber unterwegs, um keine Zeit zu verlieren. Allerdings war noch immer nicht gewiß, wo Ohlhammers Spur verlief. Denn das in der vergangenen Nacht geöffnete Büro des Spediteurs war weniger ergiebig gewesen als erhofft. Wäre ja auch zu einfach gewesen, wenn die geheimen Papiere einfach auf dem Tisch gelegen hätten. Klinger schaltete den Computer ein. Ein Paßwort wurde verlangt. Gemeinsam mit der Sekretärin hatten sie eine Weile herumgerätselt, Namen und Geburtsdaten von Ohlhammer und seiner Frau testweise eingegeben. Ergebnislos; Klinger war nichts übriggeblieben, als ein Programm zum Entschlüsseln von Paßwörtern einzusetzen. Beck befaßte sich derweil mit dem Safe. Jensens Aufgabe hatte sich darauf beschränkt, die Sekretärin zu beruhigen, die denn doch hinreichend bestürzt darüber war, daß die Privatdetektive sich wie Einbrecher aufführten, denen nichts heilig war. Und daß eine Anlage, die Ohlhammer gern als seinen persönlichen Hochsicherheitstrakt bezeichnete, so leicht zu überwinden war, lag jenseits ihres Fassungsvermögens.

Auch Jacobi war nicht schlafen gegangen. Er hatte zu Hause Einhards Telefonnummer überprüft, ohne greifbares Ergebnis. Sicher war nur, daß sie tatsächlich zur Neutran AG gehörte, der Import-Export-Consult München. Doch das war ein Unternehmen mit weitverzweigten Interessen und Niederlassungen in verschiedenen Orten und, was schwerer wog, einem firmeninternen Telefonnetz. Sofern man die Durchwahl nicht kannte, konnte man die Zentrale anrufen und sich von dort aus vermitteln lassen. Aus der Nummer allein ließ sich nicht entnehmen, in welchem Ort sich Einhard aufhielt. Die Zentrale war zwar trotz der späten Stunde besetzt gewesen, doch Jacobi hatte schon am Tonfall des Telefonisten – es war ein militärisch schneidig klingender Mann – gemerkt, daß er nichts erfahren würde, sich nach etwas anderem erkundigt und dabei schon im Internet zu recherchieren begonnen, womit genau sich die Neutran AG befaßte. Ein diffuses Gebilde, eher durch die finanziellen Interessen der Aktionäre als durch ein wirtschaftliches Programm zusammengehalten, so schien es. Der Schwerpunkt, immerhin, hatte mit Energie und Chemie zu tun, sie betrieben zwei Kernkraftwerke und ein Zwischenlager; wie es aussah, standen Im- und Export nur im Firmennamen an exponierter Stelle. Zwischendurch hatte Jacobi immer mal wieder die aktuellen Nachrichten gehört. Um Mitternacht kam zum ersten Mal die Meldung von der Explosion eines Polizeiautos an der A 7. Das war die wahrscheinlichste Fahrtroute der verschollenen Lastkraftwagen. Natürlich mußte da absolut kein Zusammenhang bestehen. Zusätzliche Recherchen erbrachten wenig Neues. Im Internet findet man nur, was jemand hineingegeben hat, und an die Polizeicomputer kam er nicht so schnell heran. Ein paar Anrufe brachten wenigstens Klarheit über die Lage des Parkplatzes. So hatte Jacobi Jensen in Marsch gesetzt. Er glaubte nicht an Zufälle, und falls es doch einer gewesen sein sollte, war sie halt schon ein paar Stunden vor den anderen in Süddeutschland, wohin sie am nächsten Tag sowieso mußten. Zufällig vorbeifahren, die Journalistin spielen und das Wissen der Polizei abschöpfen.

Als nächster verließ Beck Ohlhammers Büro, denn der Tresor war eher offen als das Paßwort geknackt. Das Innenleben des Panzerschranks war trist. Ein paar tausend Mark, ein Kassenbuch, eine Handvoll Verträge, ein Notizbuch. Das Geld hatten sie natürlich liegenlassen, die Verträge und das Kassenbuch waren schnell durchgesehen. Die Neutran AG war nicht dabei, und ohnehin waren sämtliche Verträge älteren Datums, so daß sich Anhaltspunkte für ein anderes Ziel nicht ergaben. Blieb also das Notizbuch. Ohlhammer schien unter Sicherheitswahn zu leiden, denn sämtliche Einträge bestanden nur aus Zahlen und Abkürzungen. Daraus sollte Jacobi selber schlau werden, hatte Beck beschlossen und ihm das Notizbuch vorbeigebracht.

Klinger mußte noch zwei Stunden ausharren, bis das Paßwort geknackt war. Die Sekretärin schlief in ihrem Drehstuhl ein; nach Hause gehen mochte sie nicht, solange in der Firma noch etwas los war. Schließlich war sie in Abwesenheit des Chefs und des Nachtdispatchers verantwortlich für alles.

Das Paßwort – der Länge der Suche nach zu folgern eine Kombination von Buchstaben, Zahlen und Sonderzeichen – bekam Klinger nicht zu Gesicht, doch das Betriebssystem Windows NT begrüßte ihn als Administrator mit Zugriff auf alle Daten. Klinger startete eine Suche nach Datum und ging nach und nach einen ganzen Monat rückwärts. Geschäftsvorgänge und Notizen mit den üblichen Kürzeln: 6. 10. 9.30 Dr. R. im B. Daraus sollte schlau werden, wer wollte. Natürlich waren auch Worte ausgeschrieben, Namen, die Ohlhammer nicht geläufig waren, es gab Dokumente und Dokumentenvorlagen, die durchaus in vollständigen Sätzen formuliert waren. Doch die waren uninteressant. Klinger vertiefte sich wieder in die Kürzel. 2. 11. W. & T. nach D. – W. und T.? Wuttke und Trautmann, die beiden verschwundenen Fahrer. In der Nacht vom 2. zum 3. waren sie verschollen. Ein Anruf bei Jacobi, der auch immer noch wach war und ebenfalls Kürzel studierte. Gibt's unter den Zweigniederlassungen der Neutran AG eine in einem Ort, der mit D beginnt? Ich sehe nach. Derweil stellte Klinger per Standleitung eine Verbindung zu Jacobis Computer her und übertrug ihm die Rechte des Administrators. Vielleicht hatte der ja mehr Glück mit Ohlhammers Kürzeln. Das Zwischenlager, teilte Jacobi ihm schließlich mit.

Und da waren sie nun, geführt von ihren Mutmaßungen. Sie hatten allesamt wenig geschlafen, Beck noch am meisten, was notwendig war, weil er den Hubschrauber flog. Sie verständigten Jensen telefonisch von ihrer Landung. Die hatte im Auto geschlafen, war aber bereits wach und meinte, sie sei in der Nähe, eine Dreiviertelstunde Fahrt höchstens bis zu dem kleinen Flugplatz.

Eine Stunde später waren sie zu dritt im Jeep unterwegs in Richtung Zwischenlager.

«Was war mit der Explosion?» fragte Klinger.

«Mysteriös», sagte Jensen. «Vermutlich eine Bombe. Und die Polizisten hatten im Kofferraum gelegen. Ob sie zum Zeitpunkt der Explosion lebten, war noch unbekannt. Wahrscheinlich nicht, sonst hätten sie sich irgendwie bemerkbar gemacht. Es war nicht mehr viel übrig für eine Obduktion. Absolut rätselhaft. Niemand hat vorher etwas bemerkt. Nur einen verlassenen Streifenwagen. Die Kripo tippt auf einen Racheakt; sie hatten in letzter Zeit einen spektakulären Erfolg gegen eine rumänische Bande, die Tankstellen ausraubte. Daran waren die beiden Opfer beteiligt, wenn auch nicht maßgeblich. Die Theorie ist an den Haaren herbeigezogen, aber ob der Anschlag mit unserem Ohlhammer zu tun hat, ist auch fraglich. Wir stochern im Nebel.»

«Und so geht das noch eine Weile weiter», sagte Klinger. «Oder habt ihr eine Idee, unter welchem Vorwand wir das Zwischenlager betreten wollen?»

«Für Vorwände ist Jensen zuständig», sagte Beck, der sich auf dem Rücksitz fläzte.

«Am besten wäre natürlich eine Inspektion», sagte Jensen. «Von der UNO, da gibt ja irgendwann sogar Saddam Hussein nach, wenn die kommen. Aber wir haben nicht die geeigneten Papiere. Wenn wir vorher mehr gewußt hätten, dann hätte ich sie in Hamburg fälschen können.»

«Wie wir nicht reinkommen, finde ich allein heraus», sagte Klinger.

«Nach Lage der Dinge gibt es nur zwei Möglichkeiten. Die eine: Wir sind von der Presse. Die andere: Wir sind Privatdetektive und müssen dringend mit Herrn Einhard sprechen. Das ist der einzige Name, den wir haben, also halten wir uns an ihn und hoffen, daß er wirklich hier arbeitet und daß er hier etwas zu melden hat.»

«Mir fällt eine dritte Variante ein», sagte Beck. «Wir steigen über den Zaun.»

Als er den Doppelzaun sah, zog Beck seinen Vorschlag zurück. Zu hoch, zuviel Stacheldraht, zuviel Strom im zweiten Zaun, zu gut einzusehen von innen. Und drinnen wimmelte es von Leuten. Schwarzgekleidete Wachmänner drehten nervös Runden, Fahrzeuge kurvten über den betonierten Platz, Zivilisten diskutierten und gestikulierten.

Jensen hielt vor dem vergitterten Tor, hupte und stieg aus.

Eine kleine Pforte wurde geöffnet, Jensen wollte hineinschlüpfen, wurde aber zurückgeschoben. In der Pforte baute sich ein kräftiger Mann mittleren Alters in schwarzer Uniform auf.

«Sie dürfen hier nicht halten, junge Frau!» blaffte er.

«Will ich auch nicht. Ich will rein.»

«Sie dürfen hier nicht hinein.»

«Harder, Süddeutsche Zeitung», sagte Jensen und hielt dem Wachmann ihren Presseausweis unter die Nase.

Der sah ihn gar nicht an. «Sie dürfen hier nicht hinein.»

«Ich habe aber gestern mit Herrn Einhard gesprochen.»

«Sie dürfen hier nicht hinein», wiederholte stur der Mann.

«Was ist denn passiert?» fragte Jensen.

«Gar nichts.»

«Na hören Sie mal! Soviel Betrieb ist doch hier sonst nicht.»

«Hier ist nichts passiert. Ein ganz normaler Arbeitstag.»

«Um so besser. Dann können wir doch hinein und uns mit Herrn Einhard treffen, ganz so, wie es geplant war.»

«Sie dürfen hier nicht hinein.»

«Ist Strahlung ausgetreten? Gab es einen Unfall? Die Öffentlichkeit hat ein Recht darauf, über Störfälle informiert zu werden.»

«Hier ist nichts passiert.»

«Dann muß die Öffentlichkeit darüber informiert werden, daß unsere Zwischenlager sicher sind. Es ist auch im Interesse Ihrer Firma, daß Sie uns jetzt endlich hineinlassen.»

«Sie dürfen hier nicht hinein.»

«Dann werde ich schreiben, daß es hier einen Störfall gab, der vertuscht werden soll.»

«Hier ist nichts passiert.»

«Das würde ich mir gern von jemand anderem als dem

Pförtner bestätigen lassen. Jetzt ist übrigens der Satz fällig: Sie dürfen hier nicht hinein.»

«Sie dürfen hier nicht hinein», sagte der Wachmann ohne Humor.

«Dann rufen Sie wenigstens Herrn Einhard her.»

Inzwischen waren auch Klinger und Beck ausgestiegen. Klinger fotografierte durch den Zaun, Beck bewegte sich langsam auf den Wachmann zu. Der fühlte sich durch den Andrang überfordert, gab ein Zeichen nach hinten und rief Klinger zu: «Sie dürfen hier nicht fotografieren!»

Der wandte sich um, knipste ihn und fragte: «Wo steht das?»

Zwei weitere Wachleute kamen durch die Pforte. «Verschwinden Sie!» brüllte einer und bedrängte Klinger, der mit seinem blonden Pferdeschwanz und dem Fotoapparat am ehesten dem Feindbild entsprach und außerdem nicht so gefährlich aussah wie Beck und nicht so harmlos wie Jensen. Der erste zerrte am Fotoapparat, der zweite stand plötzlich Beck gegenüber und zögerte.

Jensen, die eine Prügelei mit Wachleuten, soviel Spaß sie auch machen würde, nicht für die beste Eintrittskarte hielt, rief mit schneidender Stimme: «Bleiben Sie ruhig! Wir sind auf einer öffentlichen Straße und gehen nur unserer Arbeit nach!»

«Hier und heute nicht!» entschied ihr Wachmann, der also doch mehr als zwei Sätze beherrschte. «Sie verschwinden, und ich pfeife meine Leute zurück. Wenn Sie bleiben und weiter Unruhe stiften, haben Sie sich die Folgen selbst zuzuschreiben.»

«Was ist daran Unruhe, wenn ich Sie auffordere, einen mir bekannten Mitarbeiter Ihres Unternehmens von meiner Ankunft zu verständigen?» versuchte es Jensen ein letztes Mal.

Dem Wachmann dämmerte, daß er die falsche Taktik verfolgte. «Heute ist niemand zu sprechen», sagte er. «Es ist überraschend eine Inspektion eingetroffen.»

«Von der UNO?» fragte Jensen belustigt.

Sie hatten nicht auf den Wachmann geachtet, der Klinger am Fotografieren hinderte. Der hatte sich zuviel herausgenommen und lag plötzlich auf der Straße, ohne genau mitbekommen zu haben, wie Klinger das gemacht hatte. Becks Gegenüber wollte eingreifen und landete neben seinem Kollegen. Nun hätte Jensen noch ihren Wachmann überwältigen können, aber da wären sie immer noch nicht im Zwischenlager gewesen. Blieb nur der Rückzug, ehe die Situation eskalierte.

«Ihre Leute sind zu nervös», sagte sie, ehe der Mann eine übereilte Entscheidung treffen konnte. Er war total verblüfft, daß drei Pressefuzzis so mühelos mit dem Wachpersonal fertig wurden, und rang mit sich, ob er seine Pistole ziehen oder sich entschuldigen sollte. «Wir gehen!» rief Jensen ihren Leuten zu.

Da er nichts mehr entscheiden mußte, blieb der Wachmann reglos stehen und schenkte seinen Leuten, die sich aufrappelten, einen verächtlichen Blick.

Klinger und Beck stiegen in den Jeep, Jensen blieb neben der Fahrertür stehen und zückte ihr Handy. Sie wählte Einhards Nummer.

«Ja», meldete der sich. Es rauschte in der Leitung. Ein schnurloses Telefon, Einhard war weit von der Basisstation entfernt. Vielleicht stand er auf dem Hof und beobachtete den Auflauf am Tor.

«Tag, Herr Einhard», sagte Jensen. «Ich bin's. Wir haben gestern miteinander telefoniert. Ich stehe vor dem Tor Ihres Zwischenlagers. Die Wache will mich weder einlassen noch Sie zur Pforte rufen.»

«Die Detektivin!» Einhard klang genervt. «Ich habe Ihnen gesagt, bei uns ist nichts zu holen.»

Einer aus dem Grüppchen der Anzugträger am hinteren Ende des Platzes telefonierte. Probehalber winkte Jensen ihm zu. Er erwiderte den Gruß nicht.

«Uns ist Ohlhammer verlorengegangen, Ihnen auch», konstatierte Jensen. «Wenn wir unsere Anstrengungen vereinen, finden wir ihn vielleicht schneller.»

«Wir haben mit Ohlhammer nichts zu schaffen. Ich befinde mich in einer wichtigen Besprechung. Suchen Sie woanders. Bei uns ist er nicht.»

«Wie es aussieht, stellen Sie gerade so etwas wie einen Suchtrupp zusammen. Wir könnten uns beteiligen.»

«Da täuschen Sie sich. Es ist ein ganz normaler Arbeitstag. Hier ist nichts passiert, und Sie dürfen auch nicht hineinkommen.»

«Der Spruch kommt mir bekannt vor. Dann auf ein andermal.»

«Es gibt kein anderes Mal.» Einhard legte auf.

VIERZEHN

Jacobi war, was selten bei ihm vorkam, hörbar aufgeregt. «Wir haben etwas übersehen!» sagte er.

«Und was?» fragte Klinger.

Das Omega-Team saß auf dem Flugplatz und beriet, wie das Lager zu knacken war. Am Tage würde allenfalls ein Luftangriff Erfolg versprechen, doch der schied leider aus – nicht nur, weil das Überfliegen des Geländes verboten war. Sie waren so gereizt durch die mangelnde Kooperationsbereitschaft, daß sie sich, anstatt beruhigend aufeinander einzuwirken, gegenseitig hochschaukelten. Und nun schien Klinger auch noch einen schwerwiegenden Fehler begangen zu haben. Was war es?

«Wir haben die Modernisierungen in Ohlhammers Firma übersehen, die ihn an den Rand der Pleite gebracht haben. Er hat sich damit übernommen, aber für uns ist es gut. Ich weiß, wo seine verschwundenen Laster derzeit sind.»

«Dank moderner Technik? Wie das?» fragte Klinger.

«Satellitengestütztes Peilsystem. Sie hätten sich etwas gründlicher im Computer umsehen müssen.»

«Es war nachts um drei.»

«Niemand macht Ihnen einen Vorwurf», sagte Jacobi.

«Nicht? Aha.»

«Ich habe das Programm auch erst heute morgen bemerkt, und ehe ich es verstanden habe, verging einige Zeit. Es sind bunte Signale auf einer Karte. Gemeinsam mit Frau Nadersen habe ich sie zuordnen können. Sie befinden sich in einem Waldstück südlich von Fulda.»

«Und warum hat die Dame gestern nichts davon erwähnt?»

«Nur ihr Chef kennt sich mit dem Programm aus, und außerdem hielt sie den Computercode für unknackbar.»

«Und als er dann doch lief, war sie eingeschlafen. Pech.»

Jacobi gab ihm die genauen Koordinaten und beendete das Gespräch mit der allgemeinen Anweisung «Handeln nach Ermessen».

«Wir haben sie!» rief Klinger. «Der Sturm auf das Atompalais wird abgeblasen! Die Laster haben einen Peilsender und stehen in der Nähe von Fulda!»

Sie sprangen in den Hubschrauber. Beck startete sofort, hob ab und bedankte sich über Funk für die gastliche Aufnahme. Den Wagen würden sie später abholen.

Der Hubschrauber, ein Bo-105, wie Beck ihn auch in seinem früheren Leben geflogen war, brauchte für die Strecke nicht mal eine halbe Stunde. Jensen und Klinger checkten ihre Waffen. Beck warf Jensen einen verstohlenen Blick zu. Sie bemühte sich, cool zu bleiben. Es würde ihn trotzdem nicht wundern, wenn ihr auch diesmal wieder beim Fliegen schlecht wurde. Na ja, wir alle haben unsere Schwächen, dachte er bei sich.

Beim Flug über die Zielkoordinaten gelang es ihnen auch mit Ferngläsern nicht, die LKW zu entdecken. Kreisen durften sie nicht. Falls da unten Entführer steckten, würden sie dadurch nur unnötig aufmerksam gemacht. Sie vergewisserten sich bei Jacobi, daß die bunten Punkte auf seiner Computerkarte sich nicht bewegt hatten, und landeten in der Nähe, am Rande eines abgeernteten Feldes.

Es war gegen Mittag; ein trüber, sonnenloser Tag. Kalter Wind pfiff in Böen über das Feld, und es war feucht. Wenigstens regnete es nicht. Jensen atmete auf. Klinger entnahm dem Versteck ein Peilgerät und ließ sich von Jacobi die Kennungen geben. Ein einzelnes Gerät gab zwar nur die Richtung an, nicht den genauen Punkt, aber es war immer noch besser als gar nichts. Sie steckten einstweilen nur die Standardwaffen zu sich und zogen sich auch nicht um. Einstweilen waren sie nichts anderes als Spaziergänger. Beck sicherte den Hubschrauber, dann spazierten sie quer über das Feld drauflos.

«Sie sitzen wahrscheinlich in einem aufgegebenen Bauernhof», kombinierte Klinger. «Falls es sie überhaupt gibt», schränkte er ein. «Es kann immer noch sonstwas sein.»

«Hoffentlich ist es sonstwas», sagte Jensen. «Wenn nämlich nicht, dann warten sie vielleicht da drüben am Waldrand auf uns. Und als erster wirst du abgeschossen, weil du mit dem Peilgerät am wichtigsten aussiehst.»

«Nicht nur mit, auch ohne Peilgerät», Klinger grinste. «Ich bin sicher, daß ihr mich angemessen rächt.»

«Natürlich. Sofort, wenn wir Zeit dafür haben.»

Als sie sich dem gegenüber liegenden Waldrand näherten, wurde ihnen doch unbehaglich zumute, was sie sich nicht anmerken ließen, nicht einmal voreinander. Doch geschah nichts, und sie drangen in den Wald ein. Mischwald mit dichtem Unterholz, das sie so geräuscharm wie möglich teilten. Sie sprachen nicht miteinander. Daß der Wald sich lichtete, sahen sie alle gleichzeitig. Beck gab dennoch ein Handzeichen zum Leisetreten. Er besaß als einziger von Omega Kampferfahrung, also galt er bei solchen Einsätzen stets als Kommandeur.

Noch konnten sie nicht erkennen, was sich an der lichten Stelle befand, doch waren sie schon so nah, daß Beck das Zeichen zum Ausschwärmen gab. Klinger ging nach rechts, Jensen nach links. Als sie ihre Positionen erreicht hatten – jeweils dreißig Meter seitwärtiger Abstand zu Beck –, rückten sie weiter vor und vermieden dabei jedes Geräusch.

Hinter ihnen knackte es mörderisch. Sie fuhren herum, die Hände an den Pistolen, ohne sie zu ziehen, lehnten sich an Bäume. Vier Rehe rannten vorbei. Hatte sie der Feind aufgescheucht, oder hatten sie es aus anderen Gründen eilig? Das Omega-Team blieb noch einige Zeit in Deckung und spähte in den Wald. Irgendwann gab Beck durch Handzeichen Entwarnung, und sie schlichen weiter.

Da war keine Lichtung mit einem alten Bauernhof. Nur eine Straße. Ein Asphaltband durch den Wald. Nach keiner Seite war ein Gehöft oder auch nur der Weg dorthin zu sehen.

«Was sagt dein Peilgerät?» fragte Beck in normaler Lautstärke.

Klinger hielt es vor sich hin wie ein Star-Trek-Captain seinen Tricorder. «Das Signal hat sich gedreht. Es kommt aus deiner Richtung. Siehst du den LKW vor lauter Bäumen nicht?»

«Bei mir?» Beck blickte auf den Waldboden, als könnte vor seinen Füßen tatsächlich ein Laster versteckt sein.

«Bei dir, bei Jensen oder ein Stück weiter.» Klinger setzte sich auf Beck zu in Bewegung. Als er ihn erreicht hatte, gingen sie beide auf Jensen zu. Auch die blickte auf ihre Füße, dann bückte sie sich sogar.

«Hast du sie gefunden?» fragte Klinger.

«Ich glaube schon.»

Nun waren die beiden heran und sahen, was Jensen entdeckt hatte. Zwei metallene Boxen, schwarz, wie es sich für eine Black Box gehört. Das waren die Peilsender. Die Entführer hatten sie ausgebaut und weggeworfen. Vielleicht verbargen sie sich gar nicht, sondern hatten bereits mehrere Grenzen passiert. Je länger sie sich mit dem Fall befaßten, desto unklarer wurde alles. Jede Spur erwies sich als Sackgasse. Sie griffen sich die Boxen und liefen zurück zum Helikopter.

«Bewegung in frischer Waldluft tut gut», sagte Klinger.

Beck knurrte.

«Dann stürmen wir doch das Atompalais», sagte Jensen.

FÜNFZEHN

«Es geht los, Gentlemen», sagte Iskander Shaheed Agha freundlich.

«Was geht los?» fragte Wuttke.

«Sie machen jetzt genau das, was Sie am besten können – Auto fahren. Und Sie setzen sich ans Steuer Ihres LKWs», wandte er sich an Ohlhammer. «Wir nutzen Ihren kleinen Trick und fahren vorneweg. Allerdings in Sichtweite, Ihre Handys bleiben ausgeschaltet. Die lassen sich nämlich anpeilen, und das wollen wir ja nicht. Da wir gerade vom Anpeilen sprechen – könnte es sein, Mr. Ohlhammer, daß Sie mir eine wichtige Information vorenthalten haben?»

Ohlhammer starrte Iskander ängstlich an. War er jetzt fällig? «Was denn?» fragte er heiser.

«Das wissen Sie ganz genau», sagte Iskander. «Wir haben in beiden Wagen zwei schwarze Boxen gefunden.»

«Das sind Peilsender», sagte Ohlhammer diensteifrig. «Damit kann ich den Standort meiner Fahrzeuge feststellen.»

«Nur Sie, Mr. Ohlhammer?» fragte Iskander und gab sich selbst die Antwort. «Ich denke, das kann jeder feststellen, der über die geeignete Technik verfügt.»

«Nur theoretisch. Praktisch muß er die Kennung jedes Fahrzeugs besitzen. Und die weiß nicht mal ich. Das läßt sich nur von meinem Computer aus feststellen, wo diese Daten gespeichert sind.»

«Und wer bedient jetzt im Augenblick wohl gerade Ihren Computer?»

«Niemand», versicherte Ohlhammer und mühte sich um das Ausstrahlen absoluter Redlichkeit. «Mein Büro liegt hinter einer Panzertür und ist abgeschlossen. Und selbst wenn jemand die Tür aufbekommt, was ich nicht glaube, kann er nicht auf den Computer zugreifen. Der ist nämlich paßwortgesichert. Das Paßwort ist sehr kompliziert, und niemand außer mir kennt es. Da besteht keinerlei Gefahr für Sie.»

«Soll ich das wirklich glauben?» Iskander lächelte ironisch. «Wie dem auch sei, die Boxen befinden sich nicht mehr in den Wagen, es besteht also wirklich keine Gefahr für mich.» Er wechselte den Tonfall. «Aber ich bin gefährlich. Gefährlich für Sie und Wuttke, gefährlich für Ihr ganzes Land. Kommen Sie mit, ich zeige es Ihnen, damit Sie nicht denken, ich dresche leeres Stroh. Es ist wichtig für uns alle, daß Sie genau verstehen, was auf dem Spiel steht.»

Er löste sämtliche Fesseln. Mit weichen Knien erhob sich Ohlhammer und folgte dem Terroristen. Wuttke steckte es besser weg, ihm war nicht anzumerken, daß er Angst hatte. Die Abenddämmerung setzte ein, doch war es draußen wesentlich heller als im lichtarmen Zimmer. Iskander führte die beiden Deutschen zum LKW mit dem echten Container.

«Bücken Sie sich, Gentlemen», sagte er. «Ich mache Licht, damit Ihnen nichts entgeht.» Er schaltete seine Taschenlampe ein und leuchtete am Hinterrad vorbei unter den Container. Dort befand sich etwas, was Ohlhammer für Knetmasse gehalten hätte, wäre es nicht mit Drähten gespickt gewesen. Iskander schwenkte die Taschenlampe, und die beiden sahen, daß es viele solcher Päckchen gab. «Genug gesehen? Dann weiter.» Er öffnete das Fahrerhaus und leuchtete unter die Sitzbank. Ein weiteres Päckchen. Iskander warf die Tür wieder zu.

«Zigarette?» fragte er. Alle nahmen an, auch Khwaju Ali,

der sie zur Absicherung begleitete. Das Bewachen schien trotz der offenkundigen Lähmung der Gefangenen notwendig, schließlich hatten sie Rahmat am vergangenen Abend beinahe überwältigt.

Rauchend standen die vier Männer neben der Fahrerkabine und plauderten. Fast wirkte es wie eine Dienstbesprechung in Ohlhammers Fuhrpark. Nur das Thema war brisanter.

«Sie können sich denken, was wir eben gesehen haben», begann Iskander. «Der gesamte Container ist eine Bombe auf Rädern. Wie dick er auch gepanzert sein mag, im Fall einer Explosion wird er komplett zerstört und sein gesamter Inhalt in die Luft geblasen. Dafür haben wir gesorgt. Der Inhalt – das ist, wie Sie wissen, radioaktiver Müll. Bereits ein Milligramm Plutonium ist ein tödliches Gift. Wir transportieren etliche Kilogramm – die genaue Menge ist mir nicht bekannt. Die Ware ist nicht deklariert. Zehn Kilogramm? Fünfzig? Hundert? Tausend? Es ist auf jeden Fall genug, um, je nach Örtlichkeit, Windrichtung, Windstärke und Geschwindigkeit der eingeleiteten Maßnamen nach der Explosion, ein paar tausend, zehntausend oder gar hunderttausend Menschen krank werden und vorzeitig sterben zu lassen. Unter ungünstigen Umständen – zum Beispiel nach Explosion in einer Großstadt – kann die Auswirkung verheerender sein als nach den Abwürfen auf Hiroshima und Nagasaki. Nicht so drastisch auf den ersten Blick, doch mit der Zeit mindestens genauso schlimm. Außerdem wird der Boden verseucht, das Wasser vergiftet … Malen Sie es sich selber aus. Doch nur keine Angst, wir merken davon nichts. Wir gehören nicht zu denen, deren Haut in Metastasen erblüht und die ihre Lungen als schwarzen Brei auf ihre Teller husten und dabei vor Schmerzen schreien, falls sie noch

Stimmbänder haben. Wir sterben bei der Explosion, ohne uns auch nur eine Sekunde zu quälen, und damit dies auch ganz gewiß eintritt, haben wir das Fahrerhaus mit Plastiksprengstoff gespickt. Desgleichen Ihren Porsche, das können Sie sich bei Gelegenheit anschauen, falls es Sie interessiert.»

Ohlhammer wankte. Iskander stützte ihn.

«Machen Sie nicht schlapp, Mr. Ohlhammer. Es muß ja nicht unbedingt der schlimmste Fall eintreten. Im Gegenteil. Wir sind nicht im Krieg mit Deutschland, und wir haben nicht den Auftrag, Ihr Land zu vernichten. Wir wollen einzig die Ladung sicher in unser Land transportieren. Nur das und nichts anderes. Wir haben nicht nur das Recht, wir haben die Pflicht, die Heimat zu schützen. Mit allen Mitteln und unter allen Umständen. Auch unter Einsatz unseres Lebens. Wenn wir der Heimat nur dadurch helfen können, daß wir sterben, dann sterben wir.»

Khwaju nickte heftig; seine Augen glänzten. Ohlhammer war schwindlig, er konnte kaum noch zuhören. Wuttke ging es ähnlich, obwohl er den Feinheiten der Rede nicht folgen konnte, doch das bemerkte der Spediteur nicht. Er schnappte nach Luft und brachte doch kein einziges Wort heraus.

«Daß wir gern sterben heißt nicht, daß wir sterben wollen. Wenn Sie meine Anweisungen befolgen und uns nicht behindern oder verraten, ist der erste Schritt in die richtige Richtung getan. Den zweiten Schritt muß die Polizei tun, indem sie sich heraushält. Wenn die Ordnungskräfte also, was ich nicht hoffe, von der Fuhre erfahren haben und sich uns in den Weg stellen, dann müssen Sie, Ohlhammer, ihnen eindringlich schildern, welche Folgen das für ihr Land und sie selbst haben wird. Und zum dritten werden Sie das auch an Ihrem – jetzt unserem – Ziel bekanntgeben müssen.

Wir sind zwei Tage überfällig, so daß wir vielleicht schon am Werktor abgewiesen werden. Das kann ich nicht dulden. Wie groß auch immer das Gelände der ASA sein wird – ziemlich groß, nehme ich an, wenn ein eigenes Flugfeld dazugehört –, die Explosion wird es für alle Zeiten zerstören, auch wenn sie vor dem Werktor stattfindet. Und jeder Mitarbeiter wird sterben. Jeder, ohne Ausnahme. Das werden Sie ihnen erklären müssen, Mr. Ohlhammer. Was wir wollen, ist dagegen harmlos. Wir bitten nicht um politisches Asyl. Wir verlangen kein Geld und wollen keine politischen Gefangenen freipressen. Wir wollen lediglich nach Hause. Wenn man uns läßt, wird niemandem etwas geschehen. Keinem einzigen Deutschen. Keinem Ausländer. Sie beide kehren heil und gesund nach Hause zurück. Es wird durch uns und unsere Aktion nicht mal den Indern etwas geschehen. Wir brauchen die Waffen nur zur Abschreckung. Indien hat schließlich auch Kernwaffen. Wir verhindern deren Einsatz, wenn sie wissen, daß wir zu Vergeltungsschlägen in der Lage sind. Da man uns kurzsichtigerweise den Rohstoff nicht verkaufen will, mußten wir ihn stehlen, doch dient er einem guten Zweck. Wir stellen das Gleichgewicht des Schreckens wieder her und erhalten dadurch den Frieden. Die Welt hat viel zu gewinnen, wenn wir heimgelangen, und viel zu verlieren, wenn man sich uns in den Weg stellt. Gern würden wir nach Pakistan fliegen, ohne unterwegs auch nur einem Wurm Schaden zuzufügen. Helfen Sie uns, Mr. Ohlhammer, dann gelingt es uns vielleicht. Denn die Heimat wartet voller großer Hoffnungen auf uns, und wir haben nicht vor, sie zu enttäuschen.»

«Das ist nicht meine Heimat», rutschte es Wuttke heraus, leise zwar, und er biß sich auch gleich auf die Zunge, doch Iskander hatte es gehört.

«Im Augenblick gehören Sie zu uns, Mr. Wuttke. Warum nicht auch mal für eine gute Sache eintreten?» Er lächelte gewinnend. «Betrachten Sie sich als Ehrenbürger.»

SECHZEHN

Sie waren gerade auf dem kleinen Privatflugplatz gelandet, als Jacobi anrief. «Stellen Sie das Gespräch auf Lautsprecher», sagte er zu Beck, als er gehört hatte, daß die beiden anderen neben ihm saßen. «Zerhacker nicht vergessen. Eine Konferenz ist fällig.»

Als alles für die Beratung eingerichtet war, begann Jacobi: «Es gibt neue Erkenntnisse. Das Peilsystem liefert auch Daten über die Positionen der vergangenen Tage. Die Funktion war nicht aktiviert, wahrscheinlich kennt Ohlhammer sie gar nicht, aber ich dachte mir, daß sie existiert, und habe sie gefunden. Folgende Bewegung läßt sich rekonstruieren. Beide Transporter fuhren vorgestern zum Zwischenlager. Einer verließ ihn eine Stunde nach Mitternacht, der andere folgte fünfundvierzig Minuten später. Sie fuhren die gleiche Strecke, der zweite etwas schneller als der erste. Um 4.05 Uhr erreichte der erste Wagen einen Parkplatz nördlich von Würzburg. Der andere traf um 4.30 Uhr dort ein. Um 4.40 Uhr fuhr der erste weiter. Er verließ die A 7 am Dreieck Fulda Süd, fuhr die B 40 westwärts, bog dann nach Norden ab und steuerte schließlich ein Ziel an, das auch auf der genauesten Karte nicht verzeichnet ist. Ein Haus im Wald, ein einsames Grundstück, oder sie kampierten auf freiem Feld. Der zweite blieb stehen bis zum nächsten Tag 21.30 Uhr. Anderthalb Stunden nach Abfahrt des zweiten LKW explodierte auf dem Autobahnparkplatz der Streifenwagen. Der LKW fuhr die gleiche Strecke wie der erste und hielt in derselben Einöde. Die nächste Bewegung ist heute vormittag um 10 Uhr verzeichnet. Da hatten sie vermutlich die Peilsender entdeckt und ausgebaut. Sie transportierten sie etwa 50 Kilometer durch die Gegend und warfen sie dort ab, wo wir sie gefunden haben. Was läßt sich daraus folgern?»

Die Frage war rhetorisch; ehe jemand etwas sagen konnte, beantwortete Jacobi sie selber. Seine Stimme klang klar und deutlich aus den Lautsprechern des Hubschraubers.

«Erstens: Die Wagen der Spedition Ohlhammer nahmen im atomaren Zwischenlager Debisheim Ladung auf, die sie nordwärts zu einem noch unbekannten Ziel bringen sollten. Auf dem Parkplatz an der A 7 wurden sie überfallen oder beschlossen, die Ladung selbst an sich zu bringen. Letzteres ist extrem unwahrscheinlich – Kraftfahrer haben kaum die Verbindungen, radioaktiven Müll gewinnbringend abzusetzen. Außerdem sind beide sämtlichen Unterlagen zufolge bisher unbescholtene Bürger. Ich habe es nur der Vollständigkeit halber erwähnt. Zweitens: Die Interessengruppe nahm zunächst nur einen LKW mit. Am nächsten Tag holten sie sich den zweiten Wagen. Es ist den uns bekannten Fakten zufolge wahrscheinlich, daß sie dabei von der Autobahnstreife überrascht wurden, sie töteten und deren Fahrzeug nebst Insassen in die Luft sprengten, und zwar mit einer Zeitzünderbombe. Es handelt sich um skrupellose Profis. Ihre Zahl ist vermutlich klein, sonst hätten sie beide LKW gleichzeitig mitgenommen. Vielleicht ist es sogar ein Einzeltäter. Das ist allerdings unwahrscheinlich, wenn wir die Art der Ladung berücksichtigen. Atommüll ist etwas, das jeder loswerden will. Ausgenommen sind die Schwellenmächte, die kurz vor der Entwicklung eigener Bomben stehen und in denen es keine Kernkraftwerke gibt – oder so wenig, daß nicht genügend verwertbares Material entsteht. Da kommen mindestens zehn, höchstens zwanzig Staaten in Frage. Ein Staat beauftragt mit der Beschaffung des Rohstoffs nicht einen einzelnen

Mann. Eher einen Kommandotrupp von fünf, sechs Leuten, mehr würden auffallen, weniger könnten nichts ausrichten. Es dürfte sich um kampf- und terrorerfahrene Spezialisten handeln. Drittens: Jener Ort im Wald dürfte ihr derzeitiges Quartier sein. Ob sie sich dort noch aufhalten, wissen wir nicht. Das ist übrigens der Punkt, den wir diskutieren müssen – in Verbindung mit viertens: Die Container – vermutlich keine Castor-Behälter, damit kann man ja nicht einfach über die Straße fahren – dürften recht groß sein. Sie lassen sich nicht so einfach außer Landes schaffen. Heute mittag befanden sie sich noch auf den LKWs, sonst wären die Peilsender nicht entfernt worden. Welches Ziel wollen sie erreichen? Keines der Schwellenländer liegt in unmittelbarer Nachbarschaft. Der Landweg scheint auszuscheiden. Der Luftweg ebenfalls, denke ich. Man kann den Container nicht als Handgepäck deklarieren, und der Zoll würde aufheulen. Bleibt also der Wasserweg. Wo ohnehin täglich Container verladen werden, fällt einer mehr kaum auf. Da kommt jeder Hafen zwischen Rotterdam und Danzig in Frage. Es gibt zehn bis fünfzehn mögliche Ziele, aber nur zwei Möglichkeiten. Die eine ist, daß sie selber ein Schiff haben, die andere ist, daß sie versuchen wollen, die Möglichkeit zu nutzen, die unsere einheimischen Schmuggler gefunden haben. Denn da man innerhalb Deutschlands nichts mit dem Müll anzufangen weiß, wollten sie ihn zweifellos ebenfalls ins Ausland schaffen. Fünftens und letztens: Wo steckt Ohlhammer? Heute nacht wurde er in das Zwischenlager beordert. Er muß schon gewußt haben, daß die Wagen verschwunden sind. Weshalb hat er nicht auf seiner Karte nachgesehen? Hat er nicht daran gedacht, weil der Ruf aus Debisheim zu dringlich klang und er verschlafen war, oder hat er die ganze Zeit gewußt, wo seine Wagen stecken? Und wo ist er jetzt? Bis zum Mittag lief er noch frei herum, wenn wir Einhard glauben dürfen. Und danach? Geriet er zufällig in die Hände der Terroristen, haben sie ihn abgefangen, oder hat er sie gezielt aufgesucht? Weshalb hat ausgerechnet sein Porsche keinen Peilsender, wenn er so ein Sicherheitsfanatiker ist? Andererseits – konnte er wirklich ruhig schlafen, wenn er davon wußte, daß eine große Aktion läuft? Er ist kein Gangster, sondern ein Fuhrunternehmer am Rand der Pleite. Nicht ausgeschlossen, daß er annimmt, was er bekommen kann, auch wenn es nicht legal ist. Wir wissen nicht, wie tief er in die Sache verstrickt ist, aber es ist wahrscheinlich, daß er sich, freiwillig oder unfreiwillig, bei der Interessengruppe aufhält. Und das legt die Folgerung nahe, daß sie seine Verbindung nutzen wollen und keine eigene haben. Wozu sollten sie ihn sonst brauchen? Auto fahren kann jeder. Papiere fälschen ebenfalls. Vielleicht kann er ihnen einen Weg öffnen, den sie ohne ihn nicht beschreiten könnten.»

«Brillant», murmelte Klinger neidisch. «Und was sollen wir jetzt dazu sagen?» fragte er laut. «Stürmen wir ihren Stützpunkt.»

«Und wenn sie nicht mehr da sind?» gab Jensen zu bedenken. «Sie werden dort nicht überwintern.»

«Beck?» fragte Jacobi.

«Das Ziel erfahren wir nur im Zwischenlager. Andererseits ist das Ziel uninteressant, wenn wir sie vorher fassen. Ich bin dafür, in ihrem Unterschlupf nachzusehen. Ins Lager kommen wir noch früh genug. Eine halbe Stunde Flug, eine Stunde Aktion, wenn sie nicht da sind, eine halbe Stunde Rückflug.»

«Wenn sie heute mittag losgefahren sind, zählt jede Minute», sagte Jensen. «Sie könnten schon in Hamburg sein oder an der niederländischen Grenze. Wie steht ihr dazu, die Polizei zu informieren?»

«Die suchen doch wegen des Polizistenmords ohnehin

nach den Terroristen», Klinger winkte ab. «Wenn wir sie jetzt schon einweihen, beschneiden wir nur unsere eigenen Möglichkeiten.»

«Das sehe ich auch so», sagte Jensen.

«Was kann die Polizei, was wir nicht können?» fragte Beck.

«Einverstanden», sagte Jacobi. «Ich verständige die Polizei nur, wenn es unbedingt notwendig ist. Und ihr seht euch den Schlupfwinkel an. Mein Gefühl sagt mir, daß sie ausgeflogen sind. Aber wenn es so schnell geht, wie Beck glaubt, verlieren wir kaum Zeit. Für den Fall, daß sie noch da sind: Handelt nach eigenem Ermessen.»

SIEBZEHN

Nun waren sie wieder auf der A 7. Wuttke fuhr im Porsche vorneweg, bewacht von Ali Ghulam, auf dem Notsitz Khwaju Ali. Den LKW steuerte Ohlhammer. Iskander saß neben ihm auf dem Beifahrersitz, Rahmat Ali versteckte sich in der Schlafkoje hinter ihnen. Iskander wollte durch nichts auffallen. Die Polizei war noch zu nervös nach der Sprengung der Kollegen. Sie zeigte Präsenz. An der Auffahrt hatten zwei Streifenwagen gestanden, einen dritten sahen sie einen Kilometer weiter auf der Standspur. Zwar standen sie nur herum, aber vielleicht wäre es doch klüger gewesen, noch einen Tag länger zu warten.

Ohlhammer schwitzte, obwohl es nicht sonderlich warm war in der Kabine. Er hatte das Gefühl, eine hochempfindliche Atombombe zu kutschieren, und so war es ja auch. Am empfindlichsten war der menschliche Zünder neben ihm. Er hielt die ganze Zeit eine Art Fernbedienung in der Hand, vermutlich den Auslöser. Was, wenn er bei einer Vollbremsung versehentlich an den Schalter kam?

Nicht nur um sich hatte der Spediteur Angst. Die Ausführungen des Terroristen über die Auswirkungen der Explosion klangen plausibel. Was für Menschen waren das, die so etwas in Kauf nahmen? Dieselbe Sorte, die Kriege führte, das war ihm durchaus klar. Der Typus war nicht mal selten, gleichgültig, in welchem Land. Nur daß nicht jeder die Möglichkeit hatte, mitten im Frieden ein fremdes Land zu zerstören. War er, der kleine Hamburger Fuhrunternehmer, Deutschlands letzte Hoffnung auf Rettung? Denn irgend etwas würde schiefgehen, das spürte er. Und dann würde der finstere Ausländer auf den Knopf drücken. Was konnte er dagegen tun? Physisch mochte er seinen Entführern durchaus ebenbürtig sein, doch sie beherrschten Kampftechniken, von denen er nicht mal den Namen kannte. Von ihrem reichhaltigen Waffenarsenal ganz zu schweigen. Theoretisch war alles klar. Er mußte auf einen Stau warten, weil er nicht gleichzeitig fahren und handeln konnte. Wenn dann der Anführer seinen Kasten beiseite legte, könnte er ihn niederschlagen, ihm die Waffe entreißen und den Mann in der Koje erschießen. Und danach zur Sicherheit auch noch den bewußtlosen Anführer. Schwarzenegger hätte es so gemacht.

Ohlhammer hatte noch nie auf Menschen geschossen, doch glaubte er, daß es ihm nichts ausmachen würde. Nicht bei diesen Höllenhunden. Allerdings blieben noch die zwei im Porsche. Es war nicht anzunehmen, daß Wuttke sie im gleichen Augenblick außer Gefecht setzte. Sie würden etwas bemerken, und daß er in einem Feuergefecht gegen ausgebildete Kämpfer keine Chance hatte, war ihm nur zu deutlich bewußt. Aber gab es eine andere Möglichkeit?

Die Bremslichter des Porsche erglühten, auch Ohlhammer trat auf die Bremse. Da war er, der Stau, der ihm die Freiheit zum Handeln gab. Oder war es ein Zwang zum Handeln? Eine Verpflichtung? Ohlhammer triefte vor Schweiß. Seine Hände flatterten. Er mußte unbedingt ruhiger werden. Nur: Wie macht man das, wenn man Verantwortung für ein ganzes Land trägt? Wie macht man das, wenn eine einzige falsche Bewegung den Tod bedeutet?

Iskander wurde ungeduldig. «Verkehrsfunk», ordnete er an.

«Habe ich eingestellt, als wir los sind. Wird von allein laut. Bisher kam nichts.»

Iskander blickte ihn an. «Reißen Sie sich zusammen, Mann!

Sie sehen doch, ich bin ganz ruhig. Dabei trage ich die ganze Verantwortung. Sie müssen nur fahren!»

«Geht gerade nicht.» Ohlhammer deutete auf den Stau.

Eine Weile kamen sie im Schrittempo vorwärts, dann bewegte sich gar nichts mehr. Hinter ihnen heulte eine Sirene. Blaulicht flackerte, kam langsam näher. Die Wagen fuhren nach rechts und links an den Rand, öffneten eine Gasse. Nun wurde auch Iskander nervös, klammerte sich an seinen Auslöser und spähte in den Seitenspiegel. Rahmat schob seine Maschinenpistole durch den Vorhang, um zu demonstrieren, daß er auf der Hut war. Dann zog er sich wieder zurück. Verkrampft warteten Ohlhammer und Iskander auf den Streifenwagen. Iskander hielt den Schaltkasten mit der linken Hand demonstrativ in Ohlhammers Richtung und ließ den Daumen über einem der Knöpfe schweben. Die rechte Hand war unter der Jacke verborgen, er umklammerte seine Pistole.

Der Streifenwagen – vermutlich der, den sie vor kurzem überholt hatten – fuhr durch die Mittelgasse vorbei. Ohlhammer sah einen Augenblick lang das Gesicht eines jungen Polizisten, der nur nach vorn starrte und ihn nicht beachtete. Dann waren sie vorbei. Alle atmeten auf, auch Ohlhammer. Iskander legte den Auslöser auf das Armaturenbrett, zog die rechte Hand aus der Jacke und strich sich mit beiden Händen über das Gesicht.

Jetzt, dachte Ohlhammer, doch er bewegte sich keinen Millimeter. Steif saß er hinter dem großen Lenkrad, die feuchten, schweren Hände darauf abgelegt. Jetzt. Jetzt! Die Finger glitschten über das Lenkrad. Er umklammerte es, als könnte es ihm die Kraft geben, die er brauchte.

Das Radio lärmte los. Auch Iskander zuckte zusammen.

Ein munterer Sprecher, der tat, als habe er etwas sehr Fröhliches mitzuteilen. Ein kleiner Stau auf der A 5. «Auf der A 7 von Würzburg in Richtung Hamburg zwischen Niederaula und Kirchheimer Dreieck sieben Kilometer Stau wegen eines liegengebliebenen LKW. Im weiteren Verlauf fünfzehn Kilometer Stau zwischen Bad Hersfeld-West und Homberg wegen zu hohen Verkehrsaufkommens an einer Baustelle. Im weiteren Verlauf sechs Kilometer zwischen Friedland und Göttingen wegen eines Unfalls und in Gegenrichtung zwischen Göttingen und Friedland drei Kilometer durch Schaulustige. Im weiteren Verlauf in Richtung Hamburg zwischen Hildesheim-Drispenstedt und Autobahndreieck Hannover-Süd acht Kilometer zähfließender Verkehr wegen einspuriger Verkehrsführung an einer Baustelle. Sieht so aus, als sollte man die A 7 weiträumig umfahren. Auf der Bundesstraße ...» Der Rest der Nachricht ging in Sirenengeheul und Blaulichtgeflacker unter. Zwei weitere Streifenwagen näherten sich, fuhren schnell durch die Mittelgasse, die fast überall noch offenstand. Die Terroristen tasteten nach ihren Waffen, Ohlhammer klammerte sich an das Lenkrad.

Als sie vorbei waren, fragte Iskander nach dem Inhalt der Botschaften. Ohlhammer übersetzte den Staureport. «Und unser Stau ist noch nicht mal angesagt», schloß er.

«Ist das üblich um diese Zeit?»

«Abends? Eigentlich sollte der Berufsverkehr jetzt langsam nachlassen.»

«Wir haben einen schlechten Tag erwischt», stellte Iskander fest. «Was glauben Sie, Mr. Ohlhammer, wann werden wir Hamburg erreichen?»

«Das weiß ich nicht.»

«Schätzen Sie einfach. Keine Angst, ich nehme Sie nicht beim Wort, wenn die Zeitangabe nicht auf die Sekunde genau ist.»

«Das hängt davon ab, wie schnell die Staus sich auflösen.

Wenn wir Glück haben, um 3 oder 4 Uhr. Wenn wir Pech haben, kommen wir auch noch in die Frühstaus von Hannover und Hamburg. Dann kann es Mittag werden.» Das Reden erleichterte Ohlhammer, er entkrampfte sich. Vielleicht war er ja doch noch fähig, sich zu bewegen.

Iskander überlegte nicht lange. Er sagte etwas in seiner Muttersprache. Rahmat kletterte aus der Koje. Jetzt waren beide abgelenkt, jetzt konnte es klappen ... Ohlhammer wandte sich zur Seite. Iskander blickte ihm lächelnd in die Augen, während Rahmat sich an seinem Chef vorbei zur Tür drängte, sie öffnete und ausstieg. «Er verständigt die anderen», erklärte er. «Die Staus sind ein Zeichen von Allah, daß heute sein Segen nicht auf unserem Unternehmen ruht. An der nächsten Ausfahrt kehren wir um. Wir versuchen es morgen noch einmal.»

Ohlhammer war erleichtert, daß er die Rambo-Nummer aufschieben durfte. Vielleicht war wirklich morgen ein besserer Tag.

ACHTZEHN

«Scheint heute nicht unser Tag zu sein», sagte Klinger.

«Er ist ja noch nicht vorbei», bemerkte Jensen.

«War das jetzt Trost oder eine Drohung?»

«Quatscht nicht soviel», sagte Beck. «Sie haben uns einiges zurückgelassen, das wir sichten sollten. Ich übernehme die Absicherung, Jensen das Haus, Klinger die Außenanlage. Und Tempo, wir haben noch einen Job zu erledigen.»

«Leuteschinder», flachste Klinger.

Sie hatten Haus und Außenanlagen bereits einmal durchsucht. Daß ein Laster und ein VW hinter dem Haus standen, legte die Vermutung nahe, hier sei noch jemand anwesend. Das erwies sich als Irrtum. Das verwitterte Haus war verlassen, und auch in der eingestürzten Scheune und im Stall verbarg sich niemand. Die Fahrertür des Lasters war nicht verschlossen, die Kabine war leer, hinter, neben, auf oder unter dem Container verbarg sich niemand. Die Türen des Polo waren nicht verschlossen. Es war ein Mietwagen aus München, der keine erkennbaren Spuren seiner Besitzer aufwies. Das Anwesen war definitiv verlassen. Sie konnten sich frei bewegen und die hinterlassenen Spuren analysieren.

Das größte Rätsel gab der zurückgelassene LKW auf. So begann Klinger seine Untersuchungen dort. Er überprüfte den Container mit einem Strahlenmeßgerät, schüttelte den Kopf, justierte das Gerät neu und überprüfte ihn ein zweites Mal. Dann ging er zur hinteren Klappe, brach zwei Plomben auf und öffnete eine der Flügeltüren einen Spalt.

«Bist du verrückt geworden?» Beck trat neben ihn.

«Sieh selbst.» Klinger hielt ihm das Gerät vor die Augen

und leuchtete die Skala mit seiner Taschenlampe an. «Das Ding strahlt nicht mehr als eine Tomate im Supermarkt. Da war nichts drin.»

Zu zweit schoben sie die Türen auf und leuchteten hinein. Der Container war leer.

«Jetzt verstehe ich gar nichts mehr.»

«Falls es dich tröstet – ich auch nicht. In diesem Container ist noch nie eine radioaktive Substanz befördert worden. Jagen wir einem Phantom hinterher?»

«Such weiter.» Beck drehte die nächste Runde.

Jensen suchte alle Räume ab. Da hier seit Jahren nicht Staub gewischt worden war, ließ sich leicht feststellen, welche Räume benutzt worden waren. Nur der Wohnraum und die Küche. Überall Kerzenstummel und Wachsflecken. Sie entzündete mehrere Stummel und verschaffte sich einen Überblick. Das Wohnzimmer war das Hauptquartier gewesen. Es war ohne Laboranalyse schwer zu unterscheiden, was alter und was neuer Schmutz war. Die Faserreste von Stricken schienen nicht hierherzugehören. Und dann entdeckte sie den Fleck. Beinahe wäre sie hineingetreten. Sie zuckte zurück, bückte sich, unterdrückte die aufsteigende Übelkeit. Blut und Hirn, ohne jeden Zweifel. Hier war jemand durch einen Kopfschuß exekutiert worden.

Beck war es, der die dazugehörige Leiche fand. Erde gab unter seinem Fuß nach, er schaltete die Taschenlampe ein und fand ein frisch ausgehobenes und schludrig zugeschüttetes Grab. Da er keinen Spaten fand, scharrte er mit den Händen. Die Leiche lag nicht tief. Und daneben eine zweite. Ein Massengrab? Übel wurde ihm nicht, als er den Kopf des zweiten Toten freilegte, er hatte schon Schlimmeres gesehen. Daran gewöhnt hatte er sich dennoch nicht. Eine Wut packte ihn, die ihn zum Handeln zwang. Er wollte die Phantome endlich zu Gesicht bekommen, denen sie nun schon vierundzwanzig Stunden hinterherjagten. Hier gab es nichts mehr zu tun. Sollte doch die Polizei die Spuren untersuchen, falls sie jemals herfand. Hier verloren sie nur Zeit.

Er informierte Jacobi, daß er die Durchsuchung des Hauses abbrechen wollte. Der erklärte sich zögernd einverstanden, «aber nicht ohne Informationsaustausch».

«Das geht nur im Hubschrauber», sagte Beck.

«Wann könnt ihr dort sein?»

«In zwanzig Minuten.»

«In einer halben Stunde. Nicht, daß ihr etwas überseht!»

«Wir haben schon zuviel gesehen», knurrte Beck und beendete das Gespräch.

Unruhig blieb Jacobi neben dem Telefon sitzen. Becks Tonfall gefiel ihm nicht. Er war gereizt, und das bedeutete nichts Gutes. Beck neigte zu Aktionismus und vergaß dabei gern, wie stark er tatsächlich war. Vielleicht vergaß er es gar nicht. Er spielte seine körperliche Überlegenheit aus und hatte auch in seiner Zeit bei Omega bereits mehrere Leute krankenhausreif geschlagen. Es war niemand dabeigewesen, der es nicht verdient hatte, doch war es nicht in jedem Fall notwendig gewesen. Auch nach sechs Jahren war er nicht völlig über den Verlust seiner Frau hinweggekommen. Gelegentlich mußte er sich an jemandem abreagieren, und dafür kamen ihm die Gangster gerade recht, die das Omega-Team jagte.

Ähnlich war es bei Jensen. Zwar schlug sie nur selten jemanden zusammen, obwohl sie dazu durchaus in der Lage war, doch konnte sie sich bis zum Fanatismus in ihre Aufgabe verbeißen, und das schadete ihrem ansonsten klaren Verstand. Ihre Entschuldigung, immerhin, war besser als die von Beck. Der hatte einen gewöhnlichen Verlust zu bewältigen. Daß eine Ehe zerbricht und die Frau sich einem anderen Mann zuwendet, geschieht täglich Hunderte Male. Wenn alle betrogenen und verlassenen Männer so gewalttätig reagieren würden wie Beck, müßten neue Krankenhäuser gebaut werden, und Chirurg wäre der wichtigste Beruf im Lande. Andererseits – wenn Beck nicht so wäre, wie er war, würde Omega etwas Entscheidendes fehlen: die Schlagkraft.

Und Jensen? Daß ihre Eltern in die Luft gesprengt wurden, war kein alltäglicher Verlust. Kein Wunder, daß sie zuweilen bitter und fanatisch wurde. Ein Wunder war eher, daß sie es meist nicht war. Irgendwie war sie die Seele von Omega.

Am schwierigsten war aus Jacobis Sicht Klinger, obwohl der als einziger keine komplizierte, ungewöhnliche Vorgeschichte hatte. Klinger war der Intellektuelle unter den dreien und fühlte sich gelegentlich herausgefordert, dies seinem Chef allzu deutlich zu zeigen. Seine technischen Fähigkeiten waren unersetzbar, also nahm Jacobi seinen übertriebenen Hang zur Profilierung in Kauf. Im Ernstfall ordnete sich Klinger in das Team ein wie alle anderen. Daß er zu Zynismen und Arroganz neigte, störte kaum, wenn man es gewohnt war.

Die halbe Stunde verstrich quälend langsam. Als Beck sich endlich meldete, hörte Jacobi das Motorengeräusch des Hubschraubers. Sie waren also gestartet, ohne das Ergebnis der Konferenz abzuwarten. Der Leiter von Omega beschloß, der Einschätzung seines Teams zu vertrauen. Er kritisierte den Übereifer nicht, sondern forderte lediglich die Berichte ein.

«Im Haus sind sechs bis acht Personen gewesen, darunter mindestens ein Gefangener. Sie haben unter primitiven Bedingungen kampiert, auf dem Fußboden geschlafen, Büchsen auf einem Gaskocher erhitzt. Die Gefangenen – sicher die beiden Fahrer und vielleicht auch Ohlhammer – waren mit Stricken gefesselt.»

«Woher wißt ihr, daß es die Fahrer waren?» fragte Jacobi.

«Einen haben wir gefunden», sagte Beck. «Kopfschuß. Den Papieren nach Trautmann.»

Jacobi schwieg.

«Neben ihm», fuhr Beck fort, «lag ein weiterer Toter. Keine erkennbaren äußeren Verletzungen. Keine Papiere. Die Kleidung ist deutsche Stangenware. Dem Aussehen nach Ausländer. Dunkle Gesichtsfarbe, kaukasischer Gesichtsschnitt. Ich würde sagen, Inder oder Afghane.»

«Oder Pakistani», ergänzte Jensen, die an die Begegnung in der thailändischen Kneipe in St. Pauli dachte.

«Einer der Entführer», konstatierte Jacobi überflüssigerweise. «Vielleicht wurde er bei einem Fluchtversuch der Gefangenen getötet, und einer von ihnen wurde zur Vergeltung dafür hingerichtet.»

«Außerdem», setzte Klinger drauf, haben wir einen LKW gefunden. Mit Container. Der Zähler tickt nicht. Darin ist niemals verstrahlter Müll transportiert worden.«

«Sondern?»

«Keine Spuren von früheren Transporten. Der Container ist leer.»

«Das verstehe ich nicht», sagte Jacobi.

«Ich habe eine Theorie», Klinger blühte auf. «Ein LKW ist leer vorgefahren, um die Strecke zu testen.»

«Das hat aber wenig genutzt», sagte Jensen.

«Sie haben es ja wegen der Polizei gemacht, nicht wegen der Gangster», verteidigte Klinger seinen Einfall. «Aber das ist noch nicht alles», er wandte sich wieder dem Mikrofon zu, damit Jacobi kein Wort entging. «Ich habe Verpackungsreste und Drahtenden gefunden.»

«Sprengstoff?» Jacobi war sofort im Bilde.

«Ja. Der Menge nach zu urteilen – und wir haben sicher nicht alles gefunden in der Finsternis –, haben sie eine gigantische Bombe gebastelt. Wenn wir die Spuren richtig gedeutet haben, befindet sich der Sprengstoff am oder im zweiten LKW.»

«Das klingt böse», sagte Jacobi und dachte nach.

«Vor allem bedeutet es, daß wir die Polizei auf jeden Fall draußen halten müssen.» Klinger hatte schon länger über das Problem nachgedacht. «Wenn das zweite Fahrzeug tatsächlich Atommüll geladen hat und eine Bombe auf Rädern ist, darf sich ihm keine Polizeisperre in den Weg stellen. Wenn sie keinen Ausweg mehr sehen, sprengen sie sich vielleicht selbst in die Luft. Und das muß auf jeden Fall verhindert werden.»

«Korrekt», sagte Jacobi. «Das wäre eine Katastrophe. Dann schnappt sie endlich.»

«Wir arbeiten dran», erwiderte Jensen.

Was sie nicht wußten und auch nie erfuhren: In ebendieser Minute trafen die Entführer wieder in dem verlassenen Gehöft ein. Iskander wunderte sich, daß es nach ausgeblasenen Kerzen roch, er überprüfte sie, doch sie waren längst wieder erkaltet. Andere Spuren ihrer Anwesenheit hatten die Leute von Omega nicht hinterlassen. Selbst die Gräber hatte Beck wieder geschlossen, doch auf die Idee, nach den Toten zu sehen, kam ohnehin niemand.

NEUNZEHN

Fast wären sie erwischt worden, ehe das Unternehmen begonnen hatte. Die Stelle, an der sie in das Objekt eindringen wollten, hatten sie sich bereits am Tage ausgesucht. Es war jenes kurze Stück der Umzäunung, das auf den ersten Blick am unüberwindlichsten wirkte. Die Sicherheitsvorkehrungen waren beträchtlich, wie es sich angesichts der brisanten Stoffe gehörte, die hier gelagert wurden. Der äußere Zaun war aus Maschendraht und fast vier Meter hoch, oben durch eine V-förmig angebrachte Doppelreihe aus gerolltem Stacheldraht gesichert. Dahinter ein von Scheinwerfern bestrahlter Gang von knapp anderthalb Meter Breite, und es folgte ein drei Meter hoher Elektrozaun. Der erste Zaun hatte vor allem die Funktion, Tiere davon abzuhalten, gegen die stromführenden Drähte zu laufen. Und natürlich auch Menschen, die des Lesens unkundig waren – große Schilder alle hundert Meter warnten vor der Hochspannung. Der Zaun begann und endete an einem acht Meter hohen Gebäude, das nach außen fensterlos war und keinerlei sichtbare Fugen aufwies, da es plastikbeschichtet war. Obwohl es an sich unbesteigbar war, wies es am Rand und an der Spitze die unvermeidliche Stacheldraht-Doppelkrone auf. In diesem Gebäude standen die Transformatoren und das Notstromaggregat. Als sie die Wand gesehen hatten, wußten alle sofort, daß sich dort der einzige Schwachpunkt befand. Abgesehen vom Tor natürlich, das auch nicht unter Strom stand und das wesentlich leichter zu überwinden gewesen wäre. Nur hätten sie dann die Posten töten oder zumindest schwer verletzen müssen, und das kam absolut nicht in Frage. Das Zwischenlager war nicht Feindesland. Sie wollten es nicht erobern, sondern lediglich einen Verantwortlichen zur Rede stellen, der sich anders nicht sprechen ließ. Falls sich um 22 Uhr überhaupt ein Verantwortlicher dort aufhielt. Die Wahrscheinlichkeit sprach dafür. Wenn ihre Vermutungen stimmten, durchlebten die Verantwortlichen eine Krise, und so etwas machte man, je nach Veranlagung, entweder mit über den Kopf gezogener Bettdecke oder aber vor Ort.

Als sie sich in ihrem Geländewagen dem Lager näherten, wurde das Tor geöffnet. Das Glück stand Jensen zur Seite; sie sah einen Waldweg, lenkte hinein, fuhr noch ein Stück weiter und schaltete den Motor aus. Ob man sie gehört hatte, wußte sie nicht; es war unwahrscheinlich, da im Lager mehrere Motoren angelassen wurden. Die Scheinwerfer jedenfalls hatte niemand bemerkt, denn sie waren auf den Kilometern nach der letzten Ortsdurchfahrt abgeschaltet gewesen. Jensen trug ein Nachtsichtgerät. Wenn man es gewöhnt war, störten die verfälschten Farben nicht, und man konnte sich besser orientieren als im schmalen Kegel der Scheinwerfer.

Es war eine kleine Armee, die da ausrückte. Sechs Wagen unterschiedlicher Bauart, alle mit drei bis vier Leuten besetzt. Sehr viel mehr Wachpersonal konnte es hier kaum geben; sie hatten wohl sämtliche Reserven mobilisiert. Wohin auch immer sie fuhren, es war gut für das Omega-Team, daß es drei Stunden verloren hatte im verlassenen Stützpunkt der Entführer. Gegen so viele Leute hätten Beck, Klinger und Jensen nur eine Chance gehabt, wenn sie auf Leben und Tod gekämpft hätten, was sich verbot. Mit dem verbliebenen Personal würden sie wohl fertig werden, dachten sie.

«Ein guter Parkplatz», entschied Beck, ohne zu ahnen, daß genau hier vor zwei Tagen auch der Wagen der Gesuchten geparkt hatte und daß nicht weit von dieser Stelle der Unbekannte im Grab neben Trautmann bei einem Sturz vom Baum umgekommen war. «Die letzten Meter gehen wir zu Fuß.»

Sie griffen ihre Ausrüstung, sofern sie nicht ohnehin bereits an den Gürteln hing, verschlossen den Jeep und stapften quer durch den Wald auf das Trafohaus zu. Angst hatte keiner von ihnen. Im Gegenteil. Sie waren freudig erregt, daß es endlich losging. Genau wegen dieser Momente war Klinger bei Omega, anstatt in einem Büro zu sitzen und Computer zu programmieren. Beck vergaß, daß er jemals eine Frau gehabt hatte, und Jensen fühlte sich ihren Eltern näher – als habe deren Tod irgendwie doch einen Sinn gehabt. Nämlich den, die Tochter zu mobilisieren, die Welt sicherer zu machen.

Die glatte Wand ragte vor ihnen auf. Am Tor gab es eine schwenkbare Außenkamera, doch sie waren mehr als dreihundert Meter entfernt, und nachdem sie die vorbeiführende Straße überquert hatten, waren sie in ihren schwarzen Kampfanzügen kaum noch von der dunklen Wand zu unterscheiden. Klingers blondes Haar war unter einer schwarzen Strickmütze verborgen, die er über das Gesicht gezogen hatte; drei Schlitze ließen Augen und Mund unbedeckt. Auch die anderen zogen die Haßkappen über die Gesichter.

Klinger behauptete zwar, lieber mit dem Kopf zu arbeiten, und sicher war, daß er nicht aktiv Sport trieb, doch seit sie bei einem vorangegangenen Einsatz die exotische Fähigkeit des Fassadenkletterns bei ihm festgestellt hatten, war er bei solcherart Unternehmen stets der Voraustrupp. Er steckte sich Saugstulpen auf die Spitzen seiner Schnürstiefel, und Beck befestigte Stulpen an Klingers Händen. Sofort begann er den Aufstieg. Er preßte sich eng an die Wand, drückte die nach oben ausgestreckten Hände mit den Saugpfropfen dagegen, zog den rechten Fuß empor, drückte ihn dagegen, ließ den linken Fuß folgen, preßte ihn ein Stückchen höher dagegen, löste die linke Hand durch Daumendruck auf den Pfropfen, preßte sie ein Stück höher gegen die Wand, löste den linken Fuß durch eine Zehenbewegung, und so arbeitete er sich zehnzentimeterweise nach oben. Nachdem Klinger ihnen diese Fähigkeit bei einem Einsatz vorgeführt hatte, probierten die beiden anderen es in einer Sporthalle aus. Beck war zu schwer, die Pfropfen hielten ihn nicht. Jensen hingegen hatte das ideale Gewicht, gewandt und durchtrainiert war sie auch. Dennoch war sie abgestürzt. Es mußten ständig drei Saugnäpfe Kontakt zur Wand haben, sonst hielten sie den Körper nicht, und von einer gewissen Höhe an kam man durcheinander, selbst wenn man schwindelfrei war. Mit etwas Training hätte sie es sicher geschafft, doch war bisher keine Gelegenheit dazu gewesen.

Klinger kam quälend langsam vorwärts. Er konnte nur hoffen, daß die Wand bis oben so glatt blieb. Unebenheiten hätten die Saugwirkung vermindert oder gar aufgehoben. Die Folge wäre ein Sturz gewesen, und es war mehr als zweifelhaft, daß Beck und Jensen in der Lage waren, ihn aufzufangen, ohne dabei selbst zu Schaden zu kommen. Er achtete auf seine Sicherheit, ohne sich darum zu sorgen. Wenn er sein Leben riskierte, spürte er es um so deutlicher. Sein Körper schüttete Adrenalin aus. Er bewegte sich etwas schneller. Den Zweck der Aktion hatte er für den Augenblick vergessen. Es gab nur noch die Wand und ihren Bezwinger. Und das Glück, das er dabei empfand.

Als er oben anlangte, lag das Schwerste noch vor ihm. Der Draht auf der Vorderkante des Flachdachs war, wie überall, gerollt und mit scharfkantigen Plättchen gespickt. Doch schwebte er natürlich nicht frei in der Luft, sondern war an mehreren Streben befestigt, die ins Mauerwerk eingelassen waren. Klinger bewegte sich seitwärts zu einer der Streben. Dort löste er die rechte Hand und entfernte mit den Zähnen den Saugpfropfen. Er fiel herunter. Damit war ihm der Rückweg abgeschnitten. Er war so euphorisiert, daß er nicht mal einen Schreck bekam. Mit der freien Hand überprüfte er die Festigkeit des Trägers. Sie erschien ihm ausreichend. Er löste einen Karabinerhaken von seinem Gürtel und klinkte ihn in den Träger. Ein kurzes Stahlseil verband ihn mit dem Gürtel und einem zwischen den Beinen hindurchgezogenen Gurt, der ebenfalls am Gürtel befestigt war. Noch einmal überprüfte er die Stabilität, soweit sie sich durch Augenschein in der Dunkelheit und durch beherztes Ruckeln feststellen ließ. Reicht aus, befand er, lockerte den Pfropfen der linken Hand, löste ihn und verstaute ihn in einer Seitentasche seines Kampfanzugs. Die Füße klebten noch immer an der glatten Wand, während der Oberkörper nur durch das Seil gehalten wurde. Der Träger bog sich ein wenig, doch hielt er ihn. Ob er allerdings auch Becks Gewicht tragen würde, war zweifelhaft.

Klinger hatte jetzt beide Hände frei und einen einigermaßen stabilen Sitz. Er zog einen Bolzenschneider aus seinem Gürtel, durchtrennte den Draht an mehreren Stellen und schob ihn mit dem langen Stahlwerkzeug beiseite. Eine kleine Rolle fiel neben ihm herunter. Da von unten kein Aufschrei kam, hatte sie Jensen und Beck verfehlt. Glücklicherweise.

Der Durchschlupf war jetzt breit genug. Klinger verstaute das Werkzeug, stützte sich ab, löste die Füße und stemmte sich auf das Dach. Es war mit demselben Material beschichtet wie die Wand, glatt, eben, schwarz und kalt. Der asphaltierte Platz war hell erleuchtet, doch waren die Scheinwerfer nach unten gerichtet. Trotzdem konnte man vielleicht seine Silhouette sehen, wenn er auf dem Dach herumspazierte, also bewegte er sich auf allen vieren vorwärts. Er durchtrennte noch mehr von dem Stacheldraht, bis er die zwei Meter bis zum nächsten Träger freigelegt hatte. Dann befestigte er die Seilrolle, die ebenfalls an seinem Gürtel hing, an den beiden freien Trägern und warf das Seilende hinunter. Eine halbe Minute später kniete Jensen neben ihm. Sie übergab ihm Pistole, Messer und Taschenlampe, die er ihr überlassen hatte, um beim Aufstieg nicht zu schwer zu sein. Als letzter traf Beck auf dem Dach ein. Er zog das Seil hoch, robbte zur anderen Kante und spähte, auf dem Bauch liegend, über den Platz. Wachleute waren nicht zu sehen, doch saß mindestens einer im Häuschen neben der Pforte, und andere mochten in der Nähe sein.

In einem der flachen Gebäude brannte Licht. Beck spähte mit seinem Feldstecher durch das Fenster. Viel ließ sich wegen der Gardinen nicht erkennen, doch schienen sich mehrere Personen in dem Raum aufzuhalten. Er schwenkte das Glas über den ganzen Platz, suchte nach Wachpersonal und der dunkelsten Wegstrecke. Nach rechts zur dunklen Baracke, dann geradeaus zu den Containern, vorbei an den beiden LKWs. Am Berg, in dem sich das eigentliche Lager befand, standen die meisten Scheinwerfer, ein Umweg dort entlang hatte keinen Sinn, es blieb ihnen nichts anderes übrig, sie mußten etwa fünfzig Meter freien Platz überqueren.

Jensen lag neben ihm und traf dieselben Feststellungen. Sie verständigten sich flüsternd. Klinger befestigte derweil eine vierzig Meter lange hauchdünne Sehne in ihrer Mitte an der Spitze des Seiles und legte sie hinter einen der Träger. Als Beck das Einsatzzeichen gab, war auch er fertig. Sie ließen das Seil auf der Seite des Gebäudes fallen, die der Wache abgewandt war, und kletterten nacheinander hinunter. Klinger zog an einem der beiden herabhängenden Enden der Sehne, und das Seil verschwand dachwärts. Nachher mußten sie nur am anderen Ende ziehen, und es würde wieder herabfallen. Das war notwendig, um sich vor zufälliger Entdeckung zu schützen. Die Sehne war selbst bei Licht kaum zu erkennen. In der Dunkelheit war sie unsichtbar, man mußte sie ertasten. Das Seil hingegen war so dick, daß jeder vorbeikommende Posten es unweigerlich gesehen hätte, sofern er nicht träumte oder im Laufen schlief.

Als das Seil verschwunden war, zeigte Beck auf das kleine Gebäude zur rechten Hand. Geduckt liefen sie los.

ZWANZIG

Die beiden Wachleute kamen direkt auf sie zu. Sie drehten ihre Runde über den Platz, und wegen der Ereignisse der letzten Tage waren sie dabei aufmerksamer als sonst. Hatten sie ein Geräusch gehört oder einen sich bewegenden Schatten gesehen? Zielstrebig gingen sie auf die Container zu, hinter denen sich das Omega-Team verbarg.

Für solche Fälle hatte Beck Zeichen eingeführt. Mit Zeigefinger und Daumen wies er auf Jensen und sich. Wir übernehmen sie, hieß das. Mit dem kleinen Finger deutete er auf Klinger und hielt dabei den Zeigefinger in die Höhe. Du lenkst sie ab. Klinger und Jensen nickten. Klinger zog sich ein paar Schritte zurück und lüftete die Maske vor dem Gesicht, um harmloser zu wirken. Beck und Jensen preßten sich in die schmale Lücke zwischen zwei Containern.

Wahrscheinlich führte ihr Rundgang immer hier vorbei und sie hatten gar nichts bemerkt, denn die Wachleute waren total verdutzt, als sie Klinger sahen, und blieben stehen.

«Guten Abend», grüßte der freundlich. Er sprach leise, aber deutlich, als er, ohne ihnen eine Denkpause zu lassen, fortfuhr: «Gut, daß Sie endlich kommen. Ich muß Ihnen etwas zeigen, das Ihrer Aufmerksamkeit entgangen zu sein scheint.»

«Was denn?» fragte der kleinere der Wächter und setzte sich wieder in Bewegung. Der andere, ein sehr germanisch aussehender Recke, folgte ihm. Nach ihren Waffen griffen sie nicht.

«Wer sind Sie?» fragte der Kleinere im Näherkommen.

«Müller, Sicherheit der Neutran AG. Hat man Sie nicht informiert?»

«Nein», sagte der Wächter verwirrt. «Sicherheit? Das sind doch wir!»

«Wirklich? Arme Neutran AG», sagte Klinger.

Der Goliath spürte in letzter Sekunde eine Bewegung hinter sich, fuhr herum, doch es war schon zu spät. Beck schlug ihm, seine Bewegung ausnutzend, die Faust ans Kinn, und er brach bewußtlos zusammen. In der gleichen Sekunde erledigte Jensen ihren Gegner durch einen Handkantenschlag an die Nackenseite.

«Das hat aber gedauert», lästerte Klinger. «Ich wollte denen schon meinen Lebenslauf erzählen.»

«Warum hast du es nicht getan?» konterte Jensen. «Dann wären sie sicher eingeschlafen.»

Beck zerrte seinem Gegner den Mantel herunter, Jensen tat das gleiche bei dem ihren.

«Wohin mit ihnen?» fragte Klinger.

«Wir ketten sie an den Container», meinte Beck.

«Da schlagen sie Krach, wenn sie wach sind. Klopfen und treten dagegen.»

«Stimmt.» Beck ließ seinen Blick schweifen.

«Zwischen die LKWs», sagte Jensen.

«Wie das?»

«Greift sie euch, dann werdet ihr es sehen.»

Klinger und Beck packten die Bewußtlosen an den Armen und zogen sie zu den neben den Containern parkenden Wagen.

«Knebeln», sagte Jensen. Und als die Männer es getan hatten: «Beide auf den Bauch. Einer zum Vorderrad. Arme zum Rad. Und jetzt Handschellen um das Rad. Hinten mit dem anderen dasselbe. Die Kette hinter dem Rad vorbei.»

Was Klinger und Beck mit den Füßen machen sollten, brauchte sie nicht zu sagen, das sahen sie allein. Die Laster waren, wie es üblich ist, parallel geparkt, der Abstand zwischen ihnen betrug zwar nicht einmal zwei Meter, doch das reichte für ihre Zwecke allemal.

«Genial», sagte Beck. In der Tat, die beiden Posten waren auf einfache, effektive Weise daran gehindert, Lärm zu schlagen. Die Ketten waren jeweils hinter dem Rad zusammengeführt, unten, wo es am schmalsten war. Die Reifen waren so dick und die Kette so kurz, daß sie die Arme auf keinen Fall höher als ein paar Zentimeter heben, also nicht gegen das Bodenblech klopfen konnten. Sie kamen nicht an den mächtigen Reifen vorbei. Und auch mit den Beinen konnten sie bestenfalls gegen Gummi treten. Das würde niemand hören.

Sie gingen wieder zu den Containern. Beck und Klinger zogen sich die Mäntel der Posten über und setzten deren Käppis auf. Nun konnten sie offen über den Platz laufen, von weitem hielt man sie gewiß für die Wache. Jensen lief mitten zwischen ihnen, gedeckt durch die Körper der Männer, und falls doch jemand bemerkte, daß da drei Leute liefen, würde er sich nichts dabei denken. Wahrscheinlich waren hier in den letzten Stunden viele Menschen zugange, die man ansonsten nur einmal im Jahr zu Gesicht bekam.

Sie betraten das unscheinbare Gebäude, in dem sie Licht gesehen hatten. Direkt hinter der Tür, in einer kleinen Empfangshalle, saßen zwei Wächter auf Ledersesseln am Rauchtisch. Sie blickten auf, und anders als erwartet ließen sie sich durch die Verkleidung der Männer nicht täuschen. Sie ließen die Zigaretten fallen, sprangen auf und zogen ihre Pistolen.

Da sie eine Schießerei vermeiden wollten, machten Beck und Klinger keine Anstalten, gleichfalls ihre Waffen zu ziehen. Im Gegenteil, sie liefen ruhig weiter auf die Bewaffneten zu, Jensen, die als einzige noch die schwarze Maske vor dem

Gesicht hatte, in ihrer Mitte, und Klinger setzte ein breites Grinsen auf.

«Seht mal, wen wir aufgegriffen haben», sagte er.

«Stehenbleiben!» bellte der ältere Wachmann.

Klinger ließ sich nicht beirren. «Der Figur nach eine Frau. Wir können ja mal nachsehen.» «Er lüpfte Jensens Maske. »Alle Achtung, eine schnuckelige Braut.«

«Stehenbleiben», bellte der Wachmann, doch es klang schon nicht mehr ganz so energisch. «Wer seid ihr?»

«Müller», sagte Klinger.

«Koslowski», sagte Beck. «Wir sind die Verstärkung aus der Zentrale.»

«Wieso weiß ich nichts davon?» Der Wachmann ließ seine Waffe sinken, sein junger Kollege allerdings tat es ihm nicht gleich.

«Keine Ahnung», sagte Beck. «Wir sind keine zwanzig Minuten hier. Wollten uns gerade bei Ihnen melden. Sie sind doch, äh ...»

«Gernhuber, ja.»

«Genau. Und die haben wir vor der Tür gefunden», hakte Klinger ein. «War so vertieft, durch das Fenster zu lunschen, daß sie uns gar nicht bemerkt hat. Was wolltest du da?» fuhr er Jensen an.

Gernhuber steckte seine Waffe weg, und sein Kollege ließ endlich die Pistole sinken.

«Die Wachen ausschalten», antwortete Jensen. «Und zwar – jetzt!»

Jensen sprang den jungen Wächter an und schlug ihm die Pistole aus der Hand. Beck und Klinger sprangen gleichzeitig Gernhuber an. Dabei stießen sie zusammen. Alle drei fielen über das Sofa.

«Hilfe!» schrie der junge Wächter. «Überfall!» Gleichzeitig

versetzte er Jensen einen wuchtigen Hieb in den Magen. Das heißt, er wollte es. Jensen wich aus, riß im Wegdrehen an dem Arm, ein in der Eile abgerutschter, aber dennoch effektiver Judogriff, auch ihr Gegner fiel auf die Couch, genau gegen Klinger, der sich gerade aufrappeln wollte und nun gegen Becks Arm prallte, mit dem der Gernhuber einen Schlag versetzen wollte. Nun schrie auch der alte Wächter um Hilfe.

Nur Jensen stand noch. Sie zerrte den jungen Wächter hoch und versetzte ihm einen Handkantenschlag. Beck betäubte endlich den Chef der Wache und erhob sich.

«Schlechtes Zusammenspiel», knurrte er. «Weiter! Schnell!»

«Schnuckelige Braut!» sagte Jensen zu Klinger und schenkte ihm einen wütenden Blick, ehe sie die Maske herunterzog.

Sie ließen die Wächter auf der Couch liegen und stürmten den kurzen Flur entlang zu der Tür, hinter der sie mehrere Leute vermuteten, die in diesem Laden etwas zu sagen hatten und die endlich Aufklärung über Art und vor allem Ziel der Ladung geben konnten.

«Masken runter!» Fast hätten sie es vergessen, trotz Jensens Vorbild. Die Gesichter zu verbergen war wichtig. Maskierte machen, gerade weil man sie im Fernsehen alle Tage vorgeführt bekommt, einen schreckenerregenden Eindruck, und auf die psychologische Wirkung kam es an.

Beck riß die Tür auf. Jensen und Klinger folgten. Diesmal zogen sie ihre Pistolen – in der berechtigten Annahme, daß bewaffnete Wachleute bei Besprechungen nichts zu suchen hatten, eine Schießerei also nicht zu erwarten war.

Der Lärm auf dem Flur, die Alarmrufe der Posten waren nicht ungehört geblieben, dennoch starrten die fünf Herren, die am ovalen Beratungstisch saßen, so erstaunt wie erschrokken zur Tür. Der sechste war zur Basisstation eines drahtlosen Telefons gegangen, hatte gerade eine Nummer gewählt und führte den Hörer zum Ohr.

«Auflegen!» bellte Beck.

Der Mann ließ den Hörer sinken.

«Auflegen. Zurück zu den anderen. Die Hände auf den Tisch, daß ich sie sehen kann.»

Sie betrachteten die Männer. Alle waren zwischen vierzig und sechzig Jahren alt, und zumindest drei von ihnen wirkten der erkennbaren Feinheit ihrer Anzüge wegen nicht so, als würden sie alle Tage in einem nach ihren Begriffen anspruchslosen Büro zusammentreffen.

«Was soll das werden?» fragte ein schlanker Mann um die Fünfzig mit sehr glattem Gesicht, dem man nicht mal den Schreck anmerkte.

«Die Fragen stellt, wer die Waffen hat, und die Waffen haben wir», sagte Filmfan Klinger; er wußte, daß jetzt genau dieser Satz erwartet wurde. Der kam immer an dieser Stelle.

Das Telefon klingelte. Beck deutete mit der Waffe auf den Mann, der zu telefonieren versucht hatte. «Rangehen. Abwimmeln.»

Er gab Jensen mit dem Kopf ein Zeichen. Sie begleitete ihn und hielt ihm die Waffe an die Schläfe. «Denken Sie nicht mal daran», sagte sie; auch sie kannte die Filmsprüche.

«Einhard.» Aha. Der Mann, der sich nicht sprechen lassen wollte. Der Mann, um dessentwillen sie diese Show abziehen mußten.

«Die Wache», hörte Jensen leise aus dem Hörer, den Einhard an sein Ohr hielt. «Haben Sie gerade bei uns angerufen?»

«Nein … Ja. Ich hab's mir anders überlegt. Melde mich später.» Einhard legte auf. Seine Hand zitterte.

«Ging doch schon ganz gut», lobte Jensen. «Hinsetzen.»

Brav folgte Einhard der Anweisung. «Und jetzt ...» begann Jensen.

«Moment», unterbrach Beck und warf Klinger ein paar Handschellen zu. Der verstand ihn wortlos. Er ging nach draußen und fesselte die Wächter. Im Raum entstand ein unbehagliches Schweigen. Als Klinger zurückgekehrt war, steckte Jensen ihre Waffe weg, verhakte die Daumen im Gürtel und stellte sich neben den Mann, der die Frage gestellt hatte.

«Wir haben nicht viel Zeit, also antworten Sie kurz und präzise. Ihnen ist etwas abhanden gekommen. Was war es?»

«Ich wüßte nicht ...» begann der vornehme Herr und verstummte wieder.

«Reden Sie!» bellte Beck.

«Sie erleichtern sich Ihre Lage, wenn Sie kooperieren», sagte Jensen.

«Nun passen Sie mal auf, gute Frau», sagte der Wortführer. «So läuft das nicht. Sie sind, wie ich annehme, von der Polizei. Sie können sich verkleiden, wie Sie wollen, uns machen Sie keine Angst. Mit Ihnen spreche ich nur in Gegenwart meines Anwalts. Und jetzt raus.»

Jensen schlug ihm mit der flachen Hand ins Gesicht – so schwungvoll, daß der Herr fast vom Stuhl kippte. Als er sich wieder gefangen hatte, stand sie schon wieder so da wie vorher, die Daumen im Gürtel verhakt.

«Dann können Sie jetzt reden, einer der Herren ist sicher ein Anwalt.»

«Das bin ich», sagte der bebrillte Mann neben dem bisherigen Sprecher. «Und Sie können gewiß sein, daß die Sache ein Nachspiel haben wird. Das lassen wir uns von niemandem bieten. Was glauben Sie, wen Sie vor sich haben?»

«Einen Haufen widerlicher geldgieriger alter Säcke», sagte Jensen. «Abschaum, der für Geld alles tut und in seiner Ignoranz eine Krise verursacht hat, die unser Land ernsthaft gefährden kann. Und was Ihre beschissene Vermutung betrifft: Ruhen Sie sich nicht darauf aus. Es ist egal, ob wir von der Polizei sind oder nicht. Verlassen Sie sich nicht darauf, daß nur die Bösen Gewalt anwenden.» Mit einer katzenhaften Bewegung stand sie neben dem Anwalt, packte ihn am Schlips und zog ihn daran hoch. Noch eher er stand, kappte sie mit einem Messer, das sie aus der Gürtelscheide zog, seinen Schlips, so daß er wieder in den Stuhl zurückfiel.

«Beantworten Sie endlich unsere Fragen!» sagte Jensen. «Was ist Ihnen abhanden gekommen?»

Der Anwalt schnaufte, aber er blieb seinem Berufsstand treu. «Aussagen, die unter Gewalt erpreßt wurden, sind vor Gericht nicht verwertbar.»

«Vergessen Sie das Gericht. Sehen Sie hier Protokollanten? Läuft irgendwo ein Band?»

«Sie haben mich geschlagen!» sagte der feine Herr, der sich endlich von dem Schock erholt hatte. Auf seiner Wange war Jensens Hand als knallroter Abdruck zu erkennen. «Das dürfen Sie nicht. Beenden Sie dieses lächerliche, unwürdige Kostümspiel. Von uns erfahren Sie nichts. Aber wir werden etwas über Sie erfahren. Ihre Namen, Ihre Dienststellungen und den Ort, in dem das Gefängnis liegt, in dem Sie ein paar Jahre über Kompetenzüberschreitung nachdenken können. Verschwinden Sie und lassen Sie uns unsere Arbeit tun.»

«Tut mir leid», sagte Jensen zu Beck und Klinger. Vielleicht hätte sie mit ihrer diplomatischen Art etwas erreicht, wenn sie dem feinen Pinkel in der Lobby eines Nobelhotels bei gepflegten Cocktails gegenüber gesessen hätten. Im Augenblick erschien ihr Becks Art der Verhandlungsführung wirksamer.

Beck trat an den Tisch, fegte mit der Pistole den Aschenbecher, zwei Gläser und eine halbvolle Flasche Weißwein hinunter. Die Asche fiel einem graubärtigen Herren in den Schoß, der von allen den ängstlichsten Eindruck machte. Er schrie auf und kippte vom Stuhl. Beck packte ihn mit der linken Hand am Kragen, hob ihn hoch und wuchtete ihn auf den Stuhl zurück. Der Graubart gurgelte und faßte sich an den Hals.

«Wer ist hier der Chef?» brüllte Beck ihn an. Und als er nicht sofort antwortete, packte er erneut zu, schüttelte ihn, drückte ihm die Pistole gegen die Stirn und wiederholte seine Frage.

«Er», flüsterte der Graubart und deutete mit dem Kopf auf den bisherigen Sprecher, das Glattgesicht neben dem Anwalt.

«Dachte ich mir.» Beck ließ Graubart desto schneller los, als er bemerkte, daß sich der Schritt von dessen Hose anfeuchtete. Er steckte die Pistole ein und schnappte sich Glattgesicht. «Name!»

«Erlauben Sie mal!» protestierte Glattgesicht.

«Ihnen erlaube ich gar nichts! Name!» Beck hob ihn am Kragen vom Stuhl. Der Mann fuchtelte mit den Händen herum und versuchte Beck abzuschütteln. Der versetzte ihm mit der Linken eine Ohrfeige, die so kräftig war wie Jensens Schlag. «Den Namen, aber schnell!»

Als er immer noch nicht antwortete, riß Beck ihm mit der linken Hand den Maßanzug auf, daß die Knöpfe davonflogen, und angelte sich die Brieftasche. Mit der Rechten hielt er den Mann knapp über dem Stuhl in der Luft, mit der Linken warf er Jensen die Brieftasche zu. Die klappte sie auf, schüttete den Inhalt – ein paar Hundertmarkscheine, etliche Kreditkarten und den Ausweis – auf den Tisch. Sie griff sich den Ausweis und fegte alles andere zu Boden.

«Ein gewisser Hans-Heinrich Gruber.»

«Schau an», sagte Klinger, dem der Name nicht unbekannt war. «Eines von den ganz großen Tieren. Daß Sie so etwas nötig haben!»

Glattgesicht Gruber hatte den Widerstand aufgegeben. Er ließ sich schlaff hängen und hoffte, die unvorstellbare Demütigung eines physischen Angriffs auf seine Person so schneller beenden zu können. Und tatsächlich ließ Beck ihn auf den Stuhl fallen. Die anderen, von Klinger und nun auch wieder von Jensen in Schach gehalten, saßen reglos auf ihren Plätzen. Wäre es ihnen möglich gewesen, hätten sie das Atmen unterdrückt.

«Wohin sollte der Müll geschafft werden?» schnauzte Beck.

Gruber antwortete nicht.

«Mir reicht's!» brüllte Beck. Er zog sein Messer und drückte Gruber die Klinge gegen die Nase. Der japste, sagte aber keinen Ton.

«Na fabelhaft», sagte Beck. «Will jemand eine Sonderbehandlung? Was ist mit Ihnen?» Er fuchtelte mit dem Messer vor Einhards Gesicht herum.

«Ich sage alles», stammelte der.

«Na also!» sagte Beck und zielte mit dem Messer auf sein Gesicht. «Wohin sollte der Transport gehen?»

«Nach Hamburg», sagte Einhard.

«Muß ich Ihnen jedes Wort aus der Nase ziehen? Vielleicht durch eine zusätzliche Öffnung? Los, Mann!»

«Zur ASA. Der Transport sollte zur ASA gehen.»

«Was wollen die damit?»

«Die schaffen es weiter.»

«Wie?»

«Mit einem Flugzeug.»

«Wozu das Ganze?» fragte Jensen. «Das Lager ist doch hier. Warum schmuggeln Sie das Zeug bei Nacht und Nebel weg?»

«Die Kapazität des Lagers ist erschöpft. Castor-Transporte sind seit den letzten Störfällen von der Bundesregierung verboten worden. Wir müßten das Kernkraftwerk stillegen. Verluste in Millionenhöhe, und falls wir nicht wieder ans Netz dürfen, in Milliardenhöhe. Das kann sich die Neutran AG nicht leisten.»

«Klingt traurig. Und was haben Sie unternommen, als Sie merkten, daß die Fuhre verschwunden ist?» fragte Klinger. «Wohin sind Ihre Helfer vor einer Stunde ausgerückt?»

«Wir haben die Fracht wiedergefunden.»

«Tatsächlich?» Beck zog ihn am Schlips hoch. «Wo denn?»

«Schweigen Sie, Einhard!» rief Gruber.

«Halten Sie endlich die Klappe, Sie blödes Arschloch», fuhr ihn sein Anwalt an. Gruber schenkte ihm einen verächtlichen Blick und hüllte sich von da an in Schweigen.

«Also?» fragte Beck.

«Ganz in der Nähe. Siebzig, achtzig Kilometer. Sie müßten längst da sein. Wir erwarten jeden Augenblick die Erfolgsmeldung. Sie sehen, wir haben die Sache im Griff.»

«Ganz in der Nähe?» zweifelte Beck. «Wie haben Sie das festgestellt?»

«Dank moderner Technik», sagte Einhard nicht ohne Stolz; es war sein Einfall gewesen. «Die Lastkraftwagen sind von seiten der Transportfirma mit Peilsendern ausgestattet. Leider kannten wir die Frequenzen nicht, der Fuhrunternehmer ist ebenfalls verschwunden. Aber es gibt nichts, was man nicht herausfinden kann mit Geld, guten Worten und Knowhow.»

«Die Peilsender?» Fast hätte Beck lachen müssen. Auch Klinger und Jensen unterdrückten ihre aufsteigende Heiterkeit. «Sie sind unfähiger, als die Polizei erlaubt. Die Entführer haben die Sender ausgebaut. Wir haben sie gefunden und mitgenommen. Ihre Leute erobern gerade unseren Hubschrauber. Pfeifen Sie sie zurück.»

«Das kann ich nicht», sagte Einhard.

«Die werden doch wohl ein Funktelefon dabeihaben!»

«Sicher, aber ich bin bloß der Manager dieses Lagers. Sozusagen der Lagerverwalter. Die hören nicht auf mich. Nur auf Gruber.»

Alle starrten den Genannten an. Jensen reichte ihm das Telefon.

«Ich sage nichts.» Gruber faßte das Telefon nicht an.

«Jetzt stellen Sie sich nicht so an, Heinrich!» sagte der Anwalt. «Es ist doch nur vernünftig, unseren Objektschutz zurückzubeordern, wenn die Fracht gar nicht auf dem Flugplatz ist.»

«Ist es nicht!» trotzte Gruber. «Wir haben nur deren Wort. Wollen Sie das wirklich glauben? Wer sind diese Typen überhaupt? Warum zeigen sie nicht ihre Gesichter? Vielleicht ist es gar keine Polizei. Oder noch schlimmer: Vielleicht ist es Polizei! Sie können uns zu allem zwingen, weil sie die Waffen haben und brutal sind, aber freiwillig etwas für sie tun? Nein. Ich jedenfalls nicht.»

«Toller Vortrag», sagte Jensen. «Typen wie Sie hasse ich. Sie glauben, ein besserer Mensch zu sein, weil Sie reich sind. Dabei sind Sie – ja, Sie, das angesehene Mitglied mehrerer Aufsichtsräte und Vorstände, nichts weiter als ein kleiner schmieriger Verbrecher. Sie haben mit unzulänglichen Sicherheitsvorkehrungen illegal einen radioaktiven Transport quer durch Deutschland geschickt. Und der hat seine Interessenten gefunden. Ausländische Terroristen, die daraus Waffen basteln wollen. Die das sogar schon getan haben. Vielleicht haben die aus dem LKW eine Bombe gemacht. Wenn sie erwischt werden, sprengen sie sich in die Luft und verteilen das Plutonium durch den Äther. Also pfeifen Sie Ihre Leute zurück. Im Augenblick belagern sie nur unseren Hubschrauber. Aber falls Ihre Amateure die Gangster tatsächlich finden sollten, gibt es eine Katastrophe. Überlassen Sie diese Arbeit den Profis und zählen Sie lieber Ihr Geld. Und jetzt rufen Sie endlich an!»

«Gehen Sie doch nach Kuba, wenn Ihnen der Kommunismus so gut gefällt», trotzte Gruber.

«Sie sind wirklich ein Idiot!» sagte sein Anwalt.

«Bergner, Sie sind entlassen!» sagte Gruber.

«Oder Sie aus dem Vorstand heraus. Das wird sich noch zeigen. Geben Sie mir das Telefon», wandte Bergner sich an Jensen. «Die Nummer?»

Einhard schlug in seinem Filofax nach und sagte sie ihm. Der Anwalt wählte. «Was darf ich sagen?» fragte er.

«Was Sie für notwendig halten», sagte Jensen.

«Okay.» Bergner drückte die Wahltaste. Jensen stellte sich dicht neben ihn und beugte sich zu seinem Ohr mit dem Hörer.

«Was ist denn?» fragte der Mann am anderen Ende unwillig.

«Bergner. Sie wissen, wer ich bin?»

«Der Firmenanwalt. Sie sollten doch nicht anrufen. Damit gefährden Sie die Aktion. Vielleicht ist das Telefonklingeln gehört worden.»

«Soll das heißen, Sie wissen immer noch nicht, daß der Hubschrauber leer ist? – Er ist doch leer?» fragte Bergner in den Raum.

«Ist er», bestätigte Beck.

«Woher wissen Sie, daß hier ein Hubschrauber steht?»

«Jetzt hören Sie mir mal zu. Die Aktion ist beendet. Haben Sie mich verstanden? Brechen Sie ab, und zwar sofort.»

«Ja, aber ...»

«Keine Diskussionen. Die Aktion ist beendet. Der Hubschrauber gehört, hm, einem Sondereinsatzkommando des Geheimdienstes, das sich im Augenblick hier befindet.»

«Welcher Geheimdienst?»

«Verfassungsschutz oder BND, die Herrschaften stellen sich nicht vor, aber das ist ja auch egal. Die Aktion ist behördlicherseits untersagt. Und die Firma unterstützt die Behörden. Sie kehren sofort um. Haben Sie mich verstanden?»

«Ja, aber ...»

«Kein Aber. Sie kehren um. Das ist eine dienstliche Anweisung.»

«Jawohl, Herr Bergner. Wir brechen ab.»

«Gut. Wir sehen uns in einer Stunde.» Bergner unterbrach die Verbindung und gab Jensen den Hörer zurück. «Ich denke, diese Angelegenheit wurde zu Ihrer Zufriedenheit geklärt. Sie sollten mehr auf Kooperation bauen als auf Gewalt. Mit Ihrem Vorgehen bin ich nach wie vor nicht einverstanden, doch verstehe ich es jetzt. Können wir sonst noch etwas für Sie tun?»

Ein paar Detailfragen gab es tatsächlich noch zu klären, etwa die nach dem Laster ohne Ladung, doch das war mit wenigen Worten erledigt. Im Prinzip hatten sie erfahren, was sie wissen wollten.

«Wer ist Ihr Kontaktmann bei der ASA?» fiel Klinger ein.

«Dr. Rollinger», sagte Bergner.

«Ist das jemand, der etwas zu melden hat, oder macht er nur die Arbeit?»

«Letzteres», sagte der Anwalt. «Weshalb müssen Sie das wissen?»

«Nicht, um ihn zu schlagen, falls Sie das beruhigt», sagte Klinger. «Es geht nur um Schadensbegrenzung. Ist die Führungsetage der ASA eingeweiht?»

«Das entzieht sich meiner Kenntnis.»

«Ich brauche einen Namen! Nicht den des Laufburschen.»

«Kastler», sagte Anwalt Bergner.

«Danke. Wir rücken ab», entschied Beck. «Sie werden zehn Minuten lang in diesem Büro bleiben und niemanden anrufen. Ihre Handys bitte.»

«Aber wir haben doch keine Handys!» sagte Bergner; fast klang er empört. «Handys sind etwas für Prolls und Yuppies. Unsereiner legt Wert darauf, nicht überall erreichbar zu sein.»

«Tatsächlich?» fragte Beck. «Um so besser. Wenn ich Ihnen noch einen Rat geben darf: Vergessen Sie, daß wir hiergewesen sind. Wir sind, wie Sie richtig erkannt haben, nicht von der Polizei. Was die Polizei unternehmen wird, wissen wir nicht. Es gab bereits Tote in dieser Angelegenheit, also werden sie etwas unternehmen.»

«Tote?» fragte Bergner.

«Mehrere», bestätigte Beck. «Darunter einer der Fahrer und zwei Polizisten. Beten Sie darum, daß es nicht mehr werden, falls Sie gläubig sind. Und sammeln Sie Ihre Posten ein, die im Foyer und draußen zwischen den LKWs herumliegen. Hier sind die Schlüssel.» Er warf sie auf den Tisch.

«Aber ich kann Sie doch zum Tor begleiten», sagte Bergner.

«Mir ist lieber, daß Sie hier sitzenbleiben und mäßigend auf Ihren Herrn Gruber einwirken.»

Jensen nahm das schnurlose Telefon. «Sie finden es neben Ihren Posten», sagte sie und steckte es in eine Tasche am Hosenbein.

«Noch etwas», sagte Klinger. «Wir gehen davon aus, daß Sie von sich aus kein Interesse haben, irgend etwas, das in diesem Büro besprochen wurde, an die Öffentlichkeit dringen zu lassen. Aber man weiß nie, wie dumm es kommt, darum möchte ich es Ihnen ausdrücklich einschärfen, daß Sie absolutes Stillschweigen bewahren sollten, gegenüber jedermann, bis die Angelegenheit geklärt ist. Wenn bekannt wird, daß eine Atombombe durch Deutschland rollt, bricht eine Panik aus. Vielleicht nicht bei den normalen Bürgern, die meisten glauben ja nicht wirklich an etwas so Unsichtbares wie radioaktive Strahlung, aber bei den Polizisten. Sie werden die Terroristen mit aller Macht stoppen wollen und es verpfuschen. Sie werden die Terroristen in die Enge treiben, und die werden in ihrer Verzweiflung sich und den Container in die Luft sprengen. Da Sie diese Sache begonnen haben, sind Sie vermutlich ziemlich verantwortungslose Subjekte, aber Sie wissen im Unterschied zu den meisten ziemlich genau um die verheerenden Folgen, und Sie werden bei aller Abgebrühtheit den möglichen Tod von so vielen Menschen kaum verantworten wollen. Und sei es nur aus Sorge um das eigene Leben. Wenn das Schlimmste eintritt, werden die Opfer Sie lynchen.»

Nun brach Gruber doch noch sein Schweigen. «Sie kommen sich ganz stark vor», sagte er. «Sie halten sich für die Guten, dabei sind Sie selbst nichts anderes als Terroristen. Jawohl, die Terroristen sind Sie! Aber ich werde Ihnen das Handwerk legen. Ich weiß, wer Sie sind. Die angebliche Pressefrau und ihre beiden Schläger, die heute vormittag mit der Wache Streit angefangen haben. Wir haben Ihre Visagen auf Video, Sie hätten sich die Karnevalsverkleidung sparen können. Ich werde Sie kriegen, und dann werden Sie vor mir zittern.»

«Sieht so aus, als ob wir heute keinen neuen Freund gewonnen haben», sagte Klinger. «Ich wußte schon beim Aufstehen, das wird nicht mein Tag.»

«Denken Sie manchmal auch nach, ehe Sie sich aufregen?» fragte Jensen. «Sie sind nicht tapfer, sondern starrsinnig ...»

«Heben Sie sich das Blabla für Ihren Psychiater auf», sagte Gruber.

«Will es denn nicht in Ihren Kopf?» fragte Jensen. «Da draußen rollt eine Atombombe herum, und wir versuchen die Katastrophe zu verhindern. Damit retten wir auch Ihren Arsch!»

«Aber nicht meine Nase!»

EINUNDZWANZIG

«Traut einer von euch diesem schmierigen Anwalt über den Weg, nur weil er plötzlich so scheißfreundlich war?» fragte Jensen.

«Klar», sagte Klinger. «Ich bin für meine Vertrauensseligkeit weltweit bekannt.»

Beck grunzte ein «Absurd!».

Sie saßen wieder im Jeep, fuhren mit aufgeblendetem Licht über die einsamen Landstraßen, Jensen am Steuer. Sie lächelte.

«Dachte ich mir. Dann frage ich mich allerdings, weshalb uns keine Kolonne entgegenkommt und wir trotzdem auf direktem Weg zum Flugplatz fahren.»

«Eine Falle!» Beck, plötzlich sehr munter, schlug sich an den Kopf.

«Das würden wir doch auch so machen.»

«Klar», sagte Klinger. «Die Großkopferten werden die zehn Minuten oder noch ein bißchen länger palavert haben, was sie jetzt tun, dann ist der Mut gewachsen. Und Bergner muß beweisen, daß er den vollen Überblick hat, damit Gruber aus dem Aufsichtsrat fliegt, nicht er. Also hat er seinen Truppen neue Befehle erteilt.»

«Nämlich die, uns festzusetzen», ergänzte Jensen.

«Mit den zwanzig Figuren werden wir leicht fertig», sagte Beck. «Obwohl – wie wir uns vorhin gegenseitig in den Arm gefallen sind … Wir sollten mal wieder gemeinsam trainieren.»

«Heute abend nicht mehr», sagte Jensen. «Hab schon was anderes vor.»

«Wir können ja Bergners Garde zum Training nutzen», schlug Klinger vor.

«Wird uns wohl nichts anderes übrigbleiben», meinte Beck. «Oder willst du sie in Grund und Boden quatschen?»

«Ich kann ihnen ja meine Lebensgeschichte erzählen», sagte Klinger.

«Spar dir deinen Sadismus für die Terroristen auf», konterte Jensen.

«Einverstanden, aber ich übe schon mal ein bißchen, ja? Vor nunmehr zweiunddreißig Jahren wurde ich als Kind einfacher, aber achtbarer Eltern in ...»

«Genug», sagte Beck. «Wir sind in zwanzig Minuten da und haben noch keinen Plan. Es sind allerdings bloß Amateure. Klinger, wie würdest du zwanzig Leute postieren, wenn du drei Figuren festsetzen sollst?»

«Gar nicht. Ich würde es allein machen. Aber wenn ich ein Wachmann wäre? Einen, der unsere Annäherung meldet, auf der Straße. Zehn im Gebäude, falls das um diese Zeit noch offen ist ... Sie sind aus der Gegend, sie kommen auf jeden Fall rein ... Der Rest auf dem Flugfeld, die drei Besten irgendwo beim Hubschrauber, für alle Fälle. Der Anführer sitzt in der Halle, weil er denkt, daß er uns da durch Masse festsetzt. Ich gehe davon aus, daß sie uns nicht erschießen wollen, sie halten uns ja für eine Art Polizisten oder Geheimdienstler. Sie wollen nur unsere Identität überprüfen und sich dann scheinheilig entschuldigen. Und bei der Gelegenheit wollen sie uns unsere Grenzen zeigen und sich für die Demütigung rächen. Am Rande bemerkt: Hat übrigens Spaß gemacht, vor allem, als du die Chinatown-Nummer abgezogen hast, Beck. Warum darf ich so etwas eigentlich nie machen?»

«Dafür bist du noch zu jung», sagte Beck. «Das verdirbt den Charakter. – Ja, aber so wird es wohl sein. Wenn sie uns vorn erwarten, fahren wir vorbei, stellen den Wagen im nächsten Dorf ab und kommen aus dem Hinterhalt. Dann haben wir nur die Leute am Hubschrauber gegen uns, drei, vier Figuren. Und die halbe Minute Vorwärmzeit können wir vernachlässigen, wenn sie nicht auf uns schießen. Den Posten täuschen wir. Jensen setzt sich ihre Blondhaarperücke auf, und wir ducken uns. Laute Musik, daß die Bässe dröhnen, und Fenster offen, daß die Haare flattern ... Die Straße führt am Flugfeld vorbei, da werden wir nicht die einzigen sein, die nachts des Wegs kommen.»

«Wozu die Perücke?» maulte Jensen. «Ich hatte die ganze Zeit die Kapuze auf, sie wissen nicht, daß mein Haar dunkel ist.»

«Es ist Nacht, da sieht man blond besser», sagte Beck.

«Im Hellen übrigens auch», ergänzte Klinger.

«Und wenn sie sich nicht täuschen lassen und uns doch erwarten?» fragte Jensen. «Unser Jeep sieht ziemlich militärisch aus.»

«Nicht, wenn eine Blondine am Steuer sitzt», erwiderte Beck überlegen.

ZWEIUNDZWANZIG

Victor Jacobi gehörte zu den Männern, die beim Frühstück Zeitung lasen, und Elisabeth Jacobi gehörte zu den Frauen, die das haßten. Es war ihr nicht gelungen, ihm das abzugewöhnen, aber immerhin schon etliche Male wenigstens, ihn daran zu hindern. Das hatte sie auch jetzt vor.

«Frau Ohlhammer hat mich heute morgen schon wieder angerufen», sprach sie gegen die Schlagzeilen.

Jacobi sah sie über den Zeitungsrand hinweg an.

«Ihr Mann ist noch immer nicht zurückgekehrt. Sind deine Leute weitergekommen?»

Jacobi schüttelte den Kopf und hob wieder die Zeitung.

«Haben sie überhaupt etwas herausgefunden? Was machen sie denn die ganze Zeit?»

Jacobi legte einen Finger an die Lippen.

Normalerweise nahm Elisabeth an der Arbeit von Omega nur dann Anteil, wenn sich ihr Mann selbst in die vorderste Linie begab, was selten vorkam. Er hatte keine Geheimnisse vor ihr, also erzählte er ihr alles, wenn sie ihn danach fragte. Das genügte ihr üblicherweise; ihr schien, Omega war die Therapie, die er sich selbst zum Überwinden der psychischen Schäden der wochenlangen Geiselhaft verordnet hatte, in der ihn die Entführer vor fünf Jahren gehalten hatten. Doch Ohlhammers Verschwinden war irgendwie auch ihr Fall; diesmal wollte sie es sofort und genau wissen. Bis nach dem Frühstück mußte sie allerdings warten; sie hatte seine Spielregeln zu akzeptieren. Elisabeth griff sich ebenfalls eine Zeitung.

Eine halbe Stunde später saßen sie sich in der provisorischen Omega-Zentrale gegenüber.

«Manchmal übertreibst du deine Spiele», sagte Elisabeth. «Das mit dem Abhören hast du doch nur erfunden, um die Zeitung weiterlesen zu können.»

«Aber es ist gut erfunden.» Jacobi lächelte. «Leider», sagte er dann ernst, «zieht der Fall unerwartet Kreise, und falls wirklich jemand zuhört, könnte es tödliche Konsequenzen haben. Am liebsten würde ich dir auch hier nichts sagen. Diesmal nicht wegen der Wanzen. Es könnte dich beunruhigen. Aber ich weiß, daß die Andeutungen dich noch stärker in Unruhe versetzen, also erzähle ich dir alles, wenn du es wirklich wissen willst.»

«Das will ich allerdings.»

«Bist du ganz sicher?»

«Mein Gott, Victor, tu nicht so, als ob gerade eine Atombombe über uns abgeworfen wird!»

«Aber genauso ist es, Liebling.» Und Jacobi erzählte ihr, was sein Team herausgefunden hatte. Elisabeth blieb gefaßter, als ihr Mann erwartet hatte. Eine schwäbische Fabrikantentochter war so leicht nicht zu erschüttern.

«Kastler?» fragte sie. «Dein Freund Kastler von der ASA ist der Drahtzieher?»

«Er ist nicht mein Freund!» verwahrte sich Jacobi. «Nur ein Bekannter. Er spendet Geld für das Literaturhaus, wir sehen uns einmal pro Jahr, höchstens zweimal. Und der Drahtzieher der Entführung ist er gewiß nicht.»

«Kastler hat den Atomschmuggel organisiert. Das ist mindestens genauso schlimm. Was hast du mit ihm vor?»

«Ich überlege, ob ich ihn abhören lasse. Ihn und den mir unbekannten Dr. Rollinger. Wenn die Entführer Kontakt mit einem von beiden aufnehmen, hören wir mit.»

«Das kannst du? Einfach jemanden abhören lassen?»

«Ja. Das kann ich.»

«Warum nimmst du nicht einfach Kontakt zu deinem Freund Kastler auf und legst die Fakten auf den Tisch?»

«Weil er nicht mein Freund ist. Wenn er alles abstreitet, haben wir nichts gewonnen. Falls wahr ist, was dieser windige Anwalt gesagt hat, hat er bereits einen bösen Fehler begangen, nämlich den, daß er sich auf diesen wahnwitzigen Transport eingelassen hat. Wenn ich ihn warne, begeht er vielleicht einen zweiten, der noch schwerwiegender ist, um alles zu vertuschen. Ich darf es nicht riskieren.»

«Hast du die Polizei immer noch nicht informiert? Das ist doch gefährlich.»

«Sie einzubeziehen wäre gefährlicher. Ich denke, daß meine Leute mit der Sache besser umgehen können.»

«Na ja … Wo sind sie jetzt eigentlich?»

«Auf dem Weg zum Flugfeld, nehme ich an. Sie haben etwas länger geschlafen, es ist gestern spät geworden. Mußten noch einige Spaßvögel austricksen, die den Hubschrauber belagert hatten. Sie scheinen sich amüsiert zu haben. Einzelheiten haben sie noch nicht erzählt.»

«Schön, daß sie ihren Spaß haben. Wohin fliegen sie? Gran Canaria? Bermudas? Indien?»

«Nicht ganz. Nur nach Hamburg. Die Zufahrten überwachen. Vielleicht entdecken sie ja den LKW mit dem Container.»

«Aus der Luft? Sie werden viele Laster sehen. Woran wollen sie den richtigen erkennen? Es steht sicher nicht auf dem Dach: Achtung, ich bin eine Bombe.»

«Nein», sagte Jacobi, «das machen Atomschmuggler und Terroristen im allgemeinen nicht.» Er blieb ruhig, weil ihm klar war, weshalb sie so aggressiv reagierte. Sie machte sich Sorgen. Dieselben Sorgen, die er sich machte. Wie schlimm mußte es ihr damals gegangen sein, als er von den Erpressern gefangengehalten wurde! Am liebsten hätte er sie in den Arm genommen. Dafür würde sich schon noch ein geeigneter Zeitpunkt finden. Der Tag war ja noch lang. Sachlich sprach er weiter: «Wir wissen, daß die Chance sehr klein ist, aber es ist eine Chance und immer noch besser, als herumzusitzen und zu warten.»

«Was ist», fragte Elisabeth, «wenn auch nur eine eurer Vermutungen nicht zutrifft? Was, wenn die Terroristen ihren eigenen Transportweg vorbereitet haben? Was, wenn sie jetzt schon auf hoher See sind?»

«Dann haben wir verloren», sagte Jacobi.

«Einfach so?»

«Einfach so. Man kann nicht immer gewinnen.»

DREIUNDZWANZIG

Gestapelt wie Sardinen, lagen Wuttke und die drei Alis in der Schlafkoje des LKW. Die Soldaten mochten ja Schlimmeres gewohnt sein, doch wie Wuttke das aushielt, wußte Ohlhammer nicht. Iskander hatte darauf bestanden, daß auch bei dieser Fahrt nur zwei Personen vorn saßen – die Chefs, wie er gesagt hatte. War das seine erste humoristische Anwandlung gewesen? Nein, er meinte es wohl ernst.

Er konnte ziemlich umgänglich wirken, wenn er einen seiner Vorträge hielt. Trat jetzt schon der allgemein bekannte Effekt ein, daß sich die Geisel mit den Gangstern solidarisierte? Um den Terroristenboß nicht zu mögen, mußte sich Ohlhammer klarmachen, daß Trautmann grundlos hingerichtet worden war und daß die überzählige Person Wuttke nur deshalb noch lebte, weil Ohlhammer bei Laune gehalten werden sollte. Schließlich wurde er als Sprachrohr der Bande gebraucht.

Den Porsche hatten sie auf dem Grundstück neben dem Mietwagen und dem zweiten LKW stehengelassen, als sie am Mittag aufgebrochen waren.

«Holen Sie Ihre Autos ab, wenn alles vorbei ist, Mr. Ohlhammer», hatte Iskander gesagt. Wenn alles vorbei ist, bin ich tot, dachte der Spediteur.

Inzwischen kannte er die Namen seiner Entführer, obwohl sie sich immer noch nicht vorgestellt hatten. Wenn man zwei Tage auf engem Raum gemeinsam verbringt, bleibt es nicht aus, daß man einiges zu hören bekommt. Zum Beispiel Namen. Allerdings glaubte er, daß es sich um Decknamen handelte. Iskander – das klang nicht Indisch oder was auch immer sie für eine Sprache in Pakistan haben mochten. Eher Griechisch. Und daß alle drei Soldaten tatsächlich Ali hießen, glaubte er auch nicht. Wahrscheinlich handelte es sich um einen Scherz, den er nicht verstand.

Zwei der Alis waren einfache Gemüter. Der Typ Mensch, der tut, was ihm aufgetragen wird, ohne sich Gedanken darüber zu machen. Unter anderen Umständen wäre Ohlhammer gut mit ihnen ausgekommen, glaubte er. Ideale Untergebene, egal in welchem Job. Sie würden gute Kraftfahrer sein, so wie sie gute Soldaten waren. Trug man ihnen auf, jemandem zu helfen, würden sie das ebenso ausführen wie alles andere. Gefährlich waren sie nur, wenn man ihnen die Anweisung gab, gefährlich zu sein. Und genau das tat Iskander. Er spielte seine Gelassenheit nur, war nach Ohlhammers Eindruck überfordert, und gerade das machte ihn unberechenbar. Freundlich konnte er sein und fürchterlich, manchmal beides gleichzeitig. Trotzdem hielt Ohlhammer Ali Nummer drei für den Gefährlichsten, Ali Ghulam, den Mann, der Trautmann erschossen hatte. Er war größer und kräftiger als die anderen Terroristen, und er hatte Augen, vor denen Ohlhammer graute, einen Blick voller Intelligenz und Kälte. Merkte Iskander nicht, daß Ghulam seine Entscheidungen im stillen mißbilligte? Wenn zwischen den beiden offene Rivalität ausbrach, wäre das gut für Ohlhammer. Man konnte sie gegeneinander ausspielen. Leider fiel ihm absolut nicht ein, wie er das anstellen sollte. Solange Iskander seinen Schaltkasten umklammerte und ihm gleich drei schwerbewaffnete Alis im Genick lagen, war an eine Aktion ohnehin nicht zu denken.

«Ich krieg Platzangst», jammerte Wuttke auf deutsch. Ohlhammer übersetzte.

«Halten Sie durch», sagte Iskander. «Nehmen Sie sich ein

Beispiel an meinen Alis. Hören Sie von denen einen Ton? Na also!»

«Ich muß mal», japste Wuttke.

«Wir sind auf einer Landstraße. Da gibt es keine Parkplätze», sagte Iskander.

«Das ist eine Bundesstraße», korrigierte Ohlhammer. «Manchmal gibt es da schon Parkplätze. Außerdem können wir an den Rand fahren. Hier würde es gerade gehen.»

«Okay, okay», sagte Iskander großmütig.

Ohlhammer steuerte den Laster auf den breiten Seitenstreifen, und die Sardinen krabbelten aus der Büchse. Wuttke war bleich, sein Blick flackerte, und er zitterte. Den Alis hingegen war nicht anzumerken, ob sie unter der Enge litten.

Auch Iskander und Ohlhammer stiegen aus. Alle sechs stellten sich zum Pinkeln in eine Reihe. Ein Laster, der vorbeifuhr, hupte fröhlich; es war wohl ein recht komischer Anblick.

«Vorn ist mehr Platz», wagte Ohlhammer zu Iskander zu sagen.

«Ich weiß», sagte der. «Und so soll das auch bleiben.»

Ohlhammer zog den Reißverschluß hoch. «Warum mußten wir meinen Porsche eigentlich stehenlassen?»

«Was glauben Sie, was Ihre Frau jetzt gerade tut, Mr. Ohlhammer?» fragte Iskander zurück.

«Keine Ahnung. Wieso?»

«Sie sind jetzt zwei Tage überfällig, Mr. Ohlhammer. Was macht eine deutsche Frau, deren Gatte verschwunden ist? Entweder sie freut sich und läßt ihren Liebhaber bei sich einziehen, oder sie geht zur Polizei und meldet den Mann als vermißt. Manchmal beides, ich habe Filme aus Ihrem Land gesehen. Grausame Filme übrigens, selbst wenn man den Text nicht versteht. Ihre Frauen finden die Selbstverwirklichung nur im Sex, in der Untreue, im Seitensprung, und wie es scheint, finden die Männer das auch noch komisch. Die westliche Kultur ist schrecklich primitiv. Was ist bloß aus dem Volk geworden, das beinahe die ganze Welt erobert hätte? Dekadente Weichlinge!»

«Und was hat das mit meinem Auto zu tun?»

«Das liegt doch auf der Hand. Die Polizei sucht Sie inzwischen. Sie kennt den Wagentyp und die Nummer. Und Ihr Dispatcher hat inzwischen die LKWs vermißt. Mit zwei Fahrzeugen unterwegs zu sein, nach denen gefahndet wird, heißt Allah zu versuchen, Mr. Ohlhammer.»

«Sie hätten doch das Nummernschild austauschen können wie beim Laster.»

«Das reicht nicht, Mr. Ohlhammer. Vertrauen Sie mir, ich habe mehr Erfahrung in solchen Dingen als Sie. Lassen Sie uns weiterfahren!»

«Ich gehe da nicht mehr rein», sagte Wuttke. «Unmöglich! Das ist nicht auszuhalten.»

«Du kannst ja hierbleiben!» Ghulam setzte ihm seine Pistole an die Schläfe.

«Nein!» schrie Ohlhammer.

Ghulam ließ die Sicherung klicken.

«No!» sagte Iskander.

«Schieß doch, du Sack!» brüllte Wuttke. «Du feiges Schwein! Du bist auch nur stark, weil du eine Pistole hast, du Wichser!»

«Was sagt er, Mr. Ohlhammer?»

Der Spediteur übersetzte.

«Das klingt interessant!» sagte Iskander. «Findest du nicht auch, Ghulam? Gib deine Waffen Rahmat.»

«Was?»

«Verstehst du mich plötzlich nicht mehr? Na also. Und nun

tragt euren Streit aus, wie sich das für Männer gehört, falls du dich traust, Ghulam.»

«Ach so!» Ghulam Ali grinste.

«Gehen wir ein Stückchen in den Wald», regte Iskander an. «Der Kampf würde sonst zuviel Interesse wecken.»

«Das können Sie doch nicht machen!» sagte Ohlhammer.

«Wieso ich? Es ist Wuttkes Vorschlag. Wir wollen die Truppe doch bei Laune halten, Mr. Ohlhammer!»

Als die Kämpfer Aufstellung nahmen, wurde Wuttke schwummerig. Er ließ die Arme sinken und sagte: «Ich kann das nicht.»

«Wer wird denn kneifen, Wuttke! Nun zeigen Sie mal, daß Sie ein deutscher Mann sind. Nicht kratzen, nicht beißen, nicht in die Eier. Und ab!»

Ghulam tänzelte, die Arme in Boxerstellung. Wuttke hingegen schüttelte den Kopf und rührte sich nicht von der Stelle. Auch nicht, als Ghulam probehalber zuschlug, ein leichter Hieb nur gegen die Brust, er tat kaum weh. Ghulam schlug härter zu, Wuttke wehrte ihn reflexhaft ab, und auf einmal hatte der Kampf doch begonnen. Zunächst war es ein Boxkampf. Ghulam schlug hart zu, dennoch hatte Wuttke den Eindruck, er spiele nur mit ihm. Der Kerl war doch nicht wirklich stärker als er. Wuttke legte all seine Wut, seinen Haß, seine Frustration in den nächsten Schlag. Die nackten Fäuste prallten gegeneinander. Beide bluteten, doch das schien Ghulam weniger auszumachen als ihm. Im Gegenteil, er schlug sofort noch einmal mit der verletzten Hand zu, traf Wuttkes Gesicht. Die Haut platzte auf, und nun legte Ghulam erst richtig los. Ein Trommelwirbel von Faustschlägen, Wuttkes Arme schmerzten von der Abwehr, er wußte schon, daß er verloren hatte, ehe Ghulam richtig loslegte. Die Alis jubelten bereits jetzt dem Sieger zu.

Der Pakistani packte einen von Wuttkes verkrampft vor die Brust gehaltenen Arm, wirbelte den Mann durch die Luft. Der Kraftfahrer landete auf dem Waldboden, rappelte sich auf und flog erneut durch die Luft. Ich muß mein Gewicht einsetzen, dachte er. Beim nächsten Wurf machte er sich in die Bewegung hinein so schwer, daß er mißglückte. Wuttke stand so dicht vor Ghulam, daß er dessen Hals ergreifen konnte. Mit all seiner Kraft – und das war nicht wenig – drückte er zu. Ghulam kam mit den Fäusten nicht dazwischen, ihn seinerseits zu würgen oder ihm wenigstens die Arme beiseite zu drücken. Er verschränkte seine Arme hinter Wuttkes Rükken, preßte sie ihm ins Kreuz. Wuttke blieb die Luft weg, ihm wurde schwarz vor Augen. Er merkte, wie seine Finger sich vom Hals seines Gegners lösten, ohne daß er etwas dagegen tun konnte. Nun hob der ihn auch noch aus dem Stand an, wuchtete die Füße wieder auf den Boden. Dann ließ er los, ging auf Distanz, schlug ihm in den Magen, packte den gekrümmt Zurücktaumelnden an einem Arm, hebelte ihn über seine Schulter. Wuttke flog durch die Luft auf einen Baumstamm zu. Instinktiv riß er die Arme nach vorn und milderte so die Wucht des Aufpralls. Der Kopf rammte immer noch so hart gegen den Stamm, daß Wuttke das Bewußtsein verlor. Er schlug mit der Nase auf eine Luftwurzel. Das Nasenbein brach, doch das merkte er nicht mehr.

«Schade. Schon vorbei», sagte Iskander. «Ein schöner, fairer Kampf.» Er klopfte Ghulam anerkennend auf die Schulter. Der Pakistani schnaufte nicht einmal.

Ohlhammer beugte sich über Wuttke. Ja, der lebte noch. Er drehte ihn auf die Seite. Langsam kam der Kraftfahrer wieder zu Bewußtsein. Er stöhnte und faßte sich an die Nase. Ohlhammer wischte ihm mit seinem Taschentuch das Blut aus dem Gesicht. Viel nutzte es nicht. Wuttke stöhnte.

«Macht Ihnen das Spaß?» fragte Ohlhammer.

«Man muß allem etwas Freude abgewinnen können, Mr. Ohlhammer. Sonst wäre das menschliche Leben zu trist. Wollen Sie vielleicht auch, Mr. Ohlhammer? Ghulam ist noch frisch genug für einen zweiten Fight.»

«Nein, danke.»

«Ganz wie Sie wollen. Dann nutzen wir die Pause doch vielleicht für einen Blick auf die Karte.»

«Und Wuttke?»

«Der ist bei meinen Alis gut aufgehoben. Kommen Sie, Mr. Ohlhammer.»

Der Spediteur folgte dem Terroristen zum Wagen. Iskander öffnete die Beifahrertür, entnahm den ADAC-Atlas und klappte die Übersichtskarte Nord auf.

«Wo ungefähr sind wir? Was meinen Sie, Mr. Ohlhammer?»

Der Spediteur deutete auf einen Punkt.

«Dachte ich mir. Und dort wollen wir hin.» Iskander tippte auf Hamburg. «Wie würden Sie fahren?»

«Wenn wir nicht auf die A 7 wollen? Schräg durch bis zur A 1, würde ich sagen.»

«Würden Sie das? Aber das ist doch ein großer Umweg.»

«Wir können ja zurück zur 7», Ohlhammer zuckte die Achseln.

«Nein. Ich schlage vor, wir fahren ungefähr hier entlang.» Iskander tippte nacheinander auf Frankenberg, Korbach, Höxter, Holzminden, Hameln, Wunstorf, Nienburg und Verden.

«Das geht nur auf der Karte so gerade durch», sagte Ohlhammer. «Wir werden ziemlich lange brauchen.»

«Haben Sie es eilig, Mr. Ohlhammer? Ich nicht!»

«Aber so fährt doch keiner», murmelte Ohlhammer.

«Eben, Mr. Ohlhammer!»

Die Alis brachten Wuttke zum LKW. Er konnte selber laufen, aber sein Gesicht war derb zerschlagen.

«Nicht in die Koje», sagte Wuttke. «Bitte nicht.»

«Es gibt leider keine andere Möglichkeit», sagte Iskander. «Sie hätten ja vorn sitzen können, ich hatte es mir schon anders überlegt, aber so, wie Sie jetzt aussehen, geht das nicht. Was mußten Sie sich auch unbedingt prügeln, Wuttke. Ab in die Koje!»

VIERUNDZWANZIG

«Die letzte Runde», sagte Beck. «Es wird gleich dunkel.»

Klinger und Jensen starrten mit Feldstechern aus den Seitenfenstern des Hubschraubers.

«So finden wir sie nie», sagte Jensen, der diese Flugaktion wieder auf den Magen schlug.

«Anders aber auch nicht», antwortete Klinger. «Also warum nicht noch eine Runde? Fliegen macht doch Spaß.»

«Mir wird schlecht davon.»

«Tatsache?» fragte Klinger desinteressiert.

«Manchmal ist es doch von Nachteil, daß wir den Polizeiapparat nicht einsetzen können.» Beck ging etwas tiefer und kreiste über dem Horster Dreieck. «Die Eins oder die Sieben?»

«Bringt beides nichts.» Jensen starrte zum Fenster hinaus.

«Dann die Eins.» Beck flog Richtung Westen.

«Wir hätten uns statt dessen die Bonzen von der ASA vorknöpfen sollen», meinte Jensen. «Wieder ein paar Nasen schlitzen. Das gibt noch mehr Fun als Fliegen.»

«Hatten wir gestern abend nicht genug Spaß für die ganze Woche?» Jensen setzte den Feldstecher ab und rieb sich die Augen.

«Meinst du die Chefs der Neutran AG oder ihre Clownsgarde?»

«Beides, aber ich dachte an das Satyrspiel um unseren Hubschrauber.»

«Seid nicht so streng mit ihnen», sagte Beck. «Sie haben nicht mehr mit uns gerechnet, weil wir so spät kamen. Die dachten sicher, wir übernachten in der Gegend, und waren schon auf Abmarsch eingestellt. Hättet ihr auch gedacht. Welcher normale Mensch läuft schon fünf Kilometer durch die Nacht!»

«Wer behauptete denn, daß wir normale Menschen sind!» Nun setzte auch Klinger den Feldstecher ab und rieb sich die Augen. Dutzende, Hunderte, Tausende LKWs hatte er gesehen, und er war nicht mal sicher, ob sie den gesuchten verpaßt oder nicht erkannt hatten. Zu identifizieren war er einzig am Kennzeichen und an der Türaufschrift. Beides war vom Hubschrauber aus kaum zu lesen.

«Es lief ab wie im Bilderbuch», sagte Jensen. «Zwanzig Leute, und wir marschieren einfach an ihnen vorbei und fliegen davon.»

«Dafür werden die Handschellen langsam knapp», sagte Klinger.

«Daß die Typen aus dem Tower erst herauskamen, als wir schon oben waren, ist einfach unvorstellbar.» Auch Beck hatte Spaß an ihrem mitternächtlichen Erfolg.

«Sie konnten nicht fassen, daß wir schon drin saßen.» Klinger grinste.

«Was lernen wir daraus?» fragte Beck und gab sich selbst die Antwort: «Nie zu früh aufgeben! Wir haben noch fünf Minuten Licht. Nutzen wir sie.»

«Klar», Klinger hob den Feldstecher wieder und spähte auf die A 1, «auch sinnlose Arbeiten müssen erledigt werden.»

«Ein gutes Training war es allerdings nicht», meinte Jensen.

«Wieso?» fragten Beck und Klinger gleichzeitig. «Es hat doch bestens geklappt», fügte Klinger hinzu.

«Eben. Es war viel zu leicht.»

«Mit etwas Glück bekommen wir heute noch schwerere Gegner», tröstete Klinger.

«Wenn es so weitergeht, haben wir heute gar keine Gegner.» Jensen starrte auf die Autobahn. «Da unten! Geh mal näher!» Auf einmal war sie sehr munter. «Zu schnell. Wenden und zurück.»

«Wo?» Beck sah nicht, welchem Laster er folgen sollte.

«Der Truck hinter dem Van.» Auch Klinger hatte den Wagen entdeckt. «Die Nummer stimmt nicht, aber sie können ja das Schild gewechselt haben.»

«Aber ob sie so schnell die saubere Aufschrift hinbekommen haben? Möbelspedition Erkemeier. Aus Tradition gut. Inklusive Adresse und Telefonnummer.»

Jensen setzte den Feldstecher ab. «Tut mir leid. Ich erkenne nichts mehr.»

«Ich auch nicht», gab Klinger zu.

«Laßt uns abbrechen», schlug Jensen vor. «Sie kommen, falls überhaupt, sowieso erst bei Nacht.»

«Wenn du das so genau weißt, weshalb läßt du uns dann den ganzen Tag suchen?» fragte Beck.

«Weil es tagsüber heller ist», erklärte Klinger.

«Okay», sagte Beck. «Machen wir Schluß. Aber noch lange nicht Feierabend!»

FÜNFUNDZWANZIG

Das Warten war schlimm. Nichts, absolut nichts dagegen tun zu können, daß gerade jetzt eine Bombe durch Deutschland rollte. Jede Verkehrskontrolle konnte zur Katastrophe eskalieren. Und dann die Zweifel. Hatten sie wirklich alle Spuren richtig gedeutet, hatten sie die Fakten korrekt interpretiert?

Jacobi saß in seiner provisorischen Zentrale und führte einen kleinen Lauschangriff durch. Omega hatte vor einem Jahr eine böse Pleite für den BND abwenden können und einem Abteilungsleiter Leben und Stellung gerettet. Der Mann war Jacobi etwas schuldig, und er hatte ihm den Gefallen ohne Zögern getan, vorbei an allen Gesetzen und Vorschriften. Eine Telefonüberwachung der ASA allerdings konnte nicht eingerichtet werden, der Betrieb war zu groß, die meisten Anrufe liefen über die Zentrale, und das Mithören sämtlicher Gespräche wäre für einen einzelnen Mann unmöglich gewesen. Da war Jacobi eingefallen, die abgestellten Handys von Ohlhammer und seinen Fahrern bei Einschalten anpeilen zu lassen. Mit einem dieser Geräte würden sich die Entführer vermutlich melden. Wenn sie es denn überhaupt taten.

Vor ihm auf dem Monitor tummelten sich die aggressiven abstrakten Geschöpfe seines Bildschirmschoners. Primordial Life, ursprüngliches Leben: Virtuelle Kreaturen, die sich angriffen und gegenseitig verstümmelten, um zu überleben und ihre Art zu erhalten. Ein so buntes wie pessimistisches Gleichnis für die Realität außerhalb des Computers.

Jemand betrat den Raum, und Jacobi fuhr herum. Es war Elisabeth, er entspannte sich.

«Gibt es etwas Neues?» fragte sie.

«Absolut nichts. Vielleicht liegen wir tatsächlich falsch.»

Elisabeth setzte sich zu ihm und legte ihm einen Arm auf die Schulter. Er wollte sie gerade an sich ziehen, als neben ihm die Kreaturen verschwanden und der Bildschirm eine Landkarte zeigte. Eines der Handys war aktiviert worden. Die Position ... Er las sie auf der Karte ab, wählte sofort auf seinem Telefon eine Nummer.

«Sie sind auf der A 1 kurz vor Hamburg», sagte er in den Hörer und legte wieder auf.

Ein Knacken im Lautsprecher des Computers. Jacobi regelte mit der Maus die Lautstärke hoch.

«Rollinger», dröhnte der Lautsprecher. Schnell regelte Jacobi den Ton wieder herunter.

«Ja, hier ist Ohlhammer.»

«Wirklich?»

«Ich weiß, ich bin zwei Tage überfällig. Es gab besondere Umstände ...»

«Was für Umstände?» fragte Rollinger gepreßt.

«Einen schweren Unfall. Es war wirklich schlimm, wir haben den Kopf verloren und uns darum nicht gemeldet, aber der Ladung ist nichts passiert, und jetzt kann alles so ablaufen, wie es geplant war.»

«Kann jemand mithören?» fragte Rollinger.

«Nein.»

«Wirklich nicht?»

«Wie kommen Sie darauf?»

«Und wenn, ist es auch egal. Ohlhammer, wir wissen, daß die Ladung entführt wurde. Können Sie sprechen?»

«Nein ... Ja. Nimmt uns der Werkschutz in Empfang?»

«Wie kommen Sie darauf?»

«Um Gottes willen, Rollinger, pfeifen sie ihn zurück. Das gibt eine Katastrophe! Moment.» Ohlhammer deckte die

Sprechmuschel nicht zu, als er zu jemand anderem als Rollinger auf englisch sagte: «Sie wissen Bescheid.»

Eine entfernte Stimme antwortete sehr deutlich in der gleichen Sprache: «Dann sagen Sie ihm die ganze Wahrheit.»

«Haben Sie ihn gehört, Rollinger? Das war der Boß meiner Entführer. Die ganze Wahrheit ist, daß wir eine rollende Bombe sind. Der LKW ist so mit Sprengstoff gespickt, daß sämtliche Panzerungen des Containers zerstört werden. Sie wissen, was dann passiert?»

«Ja, aber …»

«Kein Aber, Rollinger. Hören Sie um Himmels willen zu! Diese Leute meinen es ernst. Das sind Fanatiker. Denen gilt fremdes Leben gar nichts. Denen gilt nicht mal ihr eigenes Leben etwas. Wenn sie aufgehalten werden, jagen sie den Container in die Luft. Und damit ist Hamburg erledigt, und die ASA sowieso, denn da wird es ja passieren. Vorher kriegen Sie uns nicht gestoppt. Schicken Sie Ihre Truppen weg! Sofort! Sonst sterben wir alle!»

Ohlhammers Panik war echt, das hörte Jacobi. Rollinger hingegen blieb unzugänglich.

«Wir können doch nicht Fanatiker mit dem Material für eine Atombombe aus dem Land schleusen», sagte er.

«Wohin wollten Sie denn mit dem Zeug? Spielen Sie doch nicht den Verantwortungsbewußten, bloß weil nicht Sie das Geschäft machen!»

«Hier geht es doch nicht um Geschäfte!»

«Eben! Die Pakistanis haben den Müll sowieso und geben ihn nicht mehr her. Entweder sie jagen ihn hier hoch oder in ihrem Land. Verstehen Sie? Sie haben keine Wahl, begreifen Sie das endlich.»

«Ich muß darüber nachdenken.»

«Was gibt es da zu bedenken? Ob Sie jetzt schon sterben

wollen? – Ach, das heißt, es ist ein hohes Tier da!» Ohlhammers Angst lähmte seinen Verstand nicht. «Geben Sie ihn mir, anstatt mich mit dämlichen Floskeln hinzuhalten!»

«Rufen Sie in einer halben Stunde noch mal an.»

«Das ist zu spät.»

«Solche Entscheidungen können nicht übers Knie gebrochen werden.»

«Fünf Minuten! Maximal!» sagte Ohlhammer.

Die Verbindung wurde getrennt.

«Idiot!» sagte Jacobi. Er blickte auf seinen Monitor und wählte dann eine Nummer.

«Das war nicht mal eine halbe Minute, Ohlhammer», sagte Rollinger.

«Hier ist Jacobi.»

«Wer?»

«Victor Jacobi.»

«Der ...»

«Ja. Geben Sie mir ...»

«Herr Jacobi, entschuldigen Sie, es geht im Augenblick leider gar nicht ...»

«Halten Sie die Klappe, Rollinger!» überschrie ihn Jacobi. «Geben Sie mir auf der Stelle Kastler. Es geht um die Angelegenheit, über die Sie gerade sprechen.»

«Kastler. Was gibt es, Victor?»

«Ihr müßt den LKW unbedingt durchlassen. Pfeif den Werkschutz zurück. Der kann nichts ausrichten.»

«Was weißt du davon?»

«Mehr als dir lieb ist, Siegfried. Alles. Wahrscheinlich mehr als du.»

«Woher?»

«Dafür ist jetzt keine Zeit. Laßt den LKW durch, sonst gibt es ein Unglück. Ich weiß, daß die Terroristen es ernst meinen.»

«Wenn du es sagst ...»

«Und stell ein Flugzeug bereit.»

«Du weißt wirklich Bescheid.»

«Wirst du es tun? Ich appelliere an deinen Verstand.»

«Du sagst, es gibt keine andere Möglichkeit?»

«So ist es. Laß sie durch. Kein Werkschutz. Keine Polizei.»

«Was wirst du tun?»

«Ich steige in mein Auto und komme rüber.»

«Sofort?»

«Sofort.»

«Gut, ich werde es tun.»

Jacobi legte auf und wählte sofort eine andere Nummer. «Der Werkschutz wird weggeschickt, das Flugzeug bereitgestellt. Es sind übrigens Pakistanis.» Er legte wieder auf.

«Jetzt wird es ernst», sagte seine Frau.

Jacobi fuhr herum. «Hast du mich erschreckt, Elisabeth. Wo kommst du denn auf einmal her?»

SECHSUNDZWANZIG

Dünne Nebelschwaden zogen vom Fluß herüber, gerade so viel, es unbehaglich erscheinen zu lassen, doch wurde die Sicht kaum beeinträchtigt. Das Gelände des Firmenflugplatzes der ASA am Ufer der Elbe wurde durch Hunderte von Scheinwerfern ausgeleuchtet, und da es, außer am Rand, keine Gebäude darauf gab und auch Bäume und Sträucher fehlten, konnte sich niemand verbergen. Wenn also hinter dem Wachhäuschen neben der Pforte nicht eine Hundertschaft auf dem Bauch lag, hatte Rollinger wahrgemacht, was er am Telefon letztlich zugesagt hatte. Die ASA beugte sich der Erpressung, der Wachschutz kam nicht zum Einsatz.

Iskanders bester Mann saß jetzt neben ihm am Fenster. Ali Ghulam hatte es heruntergedreht und spähte, eine Uzi im Anschlag, hinaus in die kalte Nacht. Iskander hielt demonstrativ den Auslöser in der Hand; zwar war nicht sicher zu erkennen, worum es sich handelte, doch die Geste war eindeutig.

Der Wachmann kam gar nicht aus dem Häuschen. Das Tor stand offen, der Schlagbaum wurde durch Knopfdruck geöffnet, als handle es sich um die reguläre Durchfahrt einer langerwarteten Firmenfuhre. Sonderbar nur, daß die Loge dunkel war.

Ohlhammer fuhr drei Meter vorwärts, hielt dann an. Er kurbelte sein Fenster hinunter und rief zum Pförtnerhäuschen hinüber: «He!»

Nichts rührte sich.

«Komm mal raus! He! Hört mich einer?»

«Sind Sie verrückt geworden, Mr. Ohlhammer?» fragte Iskander.

«Wissen Sie, wohin wir müssen? Also ich habe keine Ahnung.»

«Natürlich. Schön, daß Sie mitdenken.»

Endlich zeigte sich jemand im Eingang. Allerdings streckte er nur den Kopf zur Tür heraus. «Was ist denn?» Schnell zog der Wachmann seinen Kopf zurück in die Dunkelheit.

«Wohin?» fragte Ohlhammer.

«Schräg rechts.» Der Pförtner blieb unsichtbar.

«Ein bißchen genauer!» sagte der Spediteur. «Komm raus, wir beißen nicht.» Was für einen Stuß redete er da zusammen? Er gehörte doch gar nicht zu den Terroristen. Falls er hier lebend herauskam, wie sollte er jemals erklären, daß er mit ihnen zusammengearbeitet hatte? Nur nicht zu diensteifrig, schalt er sich.

Der Pförtner steckte wieder den Kopf zur Tür hinaus. «Da drüben», sagte er und zeigte über den Platz. «Bahn 2. Es ist Licht im Flugzeug. Das seht ihr, wenn ihr näher dran seid.»

«Womit laden wir den Container um?»

«Weiß ich nicht. Das müßt ihr den Piloten fragen.»

«Okay.» Ohlhammer entließ den Pförtner, der sich sofort wieder unsichtbar machte, und fuhr in die Richtung, die er ihm gewiesen hatte.

«Was habt ihr besprochen?» fragte Iskander mißtrauisch. Irgendwie ging das alles zu einfach. Es konnte doch nicht sein, daß das Schwierigste am leichtesten vonstatten ging!

Ohlhammer übersetzte.

«Umladen?» fragte Iskander eher sich selbst als Ohlhammer. Darüber hatte er sich noch gar keine Gedanken gemacht. «Dann würde der Sprengstoff ja zurückbleiben. Das geht nicht.»

«Also ich brauche ihn nicht», sagte Ohlhammer. Iskander schwieg.

Auf den Landebahnen standen zehn dickbäuchige Flugzeuge bereit. In welchem davon das Cockpit erleuchtet war, sah der Spediteur tatsächlich erst beim Näherkommen. Die Reflexe der Scheinwerfer auf der Außenhaut der Transportmaschinen vermittelten von weitem den Eindruck, alle seien illuminiert. Ohlhammer fuhr quer über den Rasen direkt darauf zu und hielt neben der Tragfläche. Den Motor ließ er laufen. Er drückte auf die Hupe.

Die Seitentür wurde geöffnet, und der Pilot kam die kleine Gangway hinunter. Er war ein Mann um die Vierzig. Groß und kräftig gebaut, doch wirkte er, als sei er nicht begeistert von seiner Aufgabe. Sehr zögernd kam er herabgestiegen, hielt sich mit einer Hand am Geländer fest. Unten blieb er stehen, die Hand immer noch auf dem Geländer.

«Bleiben Sie dort stehen», rief Iskander durch das rechte Fenster hinaus. «Wir haben Sie im Visier!» Der Mann hätte auch ohne diese Warnung keine Anstalten gemacht, sich vom Fleck zu rühren.

«Ghulam», sagte Iskander. Der nickte und öffnete seine Tür. Noch ehe er den Wagen verlassen hatte, war Rahmat auf seinen Platz geschlüpft, die Uzi auf den Piloten gerichtet. Auch Khwaju schlüpfte nach vorn und zwängte sich neben Ohlhammer. Er richtete eine Pistole auf dessen Schläfe.

Ghulam Ali ging auf den Piloten zu, blieb vor ihm stehen und tippte mit der Uzi gegen dessen Bauch. «Wieviel Menschen befinden sich im Flugzeug?» fragte er.

«Zwei», sagte der. «Mit mir drei. Wir sind drei Mann Besatzung.»

«Wenn es nicht der Wahrheit entspricht, werden wir alle sterben», versprach Ghulam. «Versuchen Sie keine Tricks. Wenn doch mehr Leute im Flugzeug sind, haben Sie jetzt die letzte Chance, sie zu entfernen.»

«Da sind nicht mehr», sagte der Pilot. «Können Sie die Maschinenpistole nicht zur Seite drehen? Das macht mich nervös.»

«Genau das ist die Absicht. Also?»

«Da ist niemand.»

«Dann wollen wir mal nachsehen. Los!»

Sie stiegen die Gangway empor, der Pilot vorneweg. Neben der Tür stand eine blonde junge Frau, uniformiert wie der Pilot, nur daß sie statt der Hose einen Rock trug. Sie setzte ein Stewardessenlächeln auf, das sehr verkrampft wirkte, und sagte freundlich: «Guten Abend!»

«Eine Stewardeß?» fragte Ghulam. «Brauchen wir nicht.»

«Ich bin die Bordtechnikerin», sagte die Frau.

«Eine Frau als Techniker?» Ghulam schüttelte angewidert den Kopf. «Wo ist der dritte?»

«Im Cockpit», sagte der Pilot. Ghulam schaute nach. Der Kopilot wirkte noch nervöser als der Pilot und seine Technikerin. Ein blonder Germane mit Gammlerfrisur. Daß so etwas fliegen durfte! Die Deutschen waren verweichlicht seit dem letzten Krieg. Wahrscheinlich hatten sie ihn zu Recht verloren.

«Noch jemand?» fragte Ghulam.

«Nur wir drei, das habe ich doch gesagt. Äh ... Was geschieht eigentlich mit uns? Ich meine – wir müssen doch nur fliegen, oder?»

«Können Sie denn noch was anderes?»

«Was denn? Nein.»

«Na also!» sagte Ghulam Ali.

«Ja, aber ...»

«Was denn noch? Wir haben keine Zeit zu verschenken.»

«Ich meine, äh», stammelte der Pilot, «können wir nach dem Transport einfach wieder zurückkehren?»

«Wenn es Ihnen bei uns nicht gefällt ...»

«Sie tun uns doch nichts, oder?»

«Wenn Sie unsere Anweisungen befolgen – warum sollten wir?»

«Können Sie mir Ihr Wort darauf geben?»

«Würden Sie meinem Wort denn glauben?»

«Na ja ... Irgendwie schon. Wir haben ja nichts anderes. Ist es sicher, daß wir unversehrt zurückkehren dürfen, wenn wir die Fracht abgeliefert haben?»

«Was ist heute schon sicher ... Ja. Wir haben kein Interesse an Ihnen. Und jetzt genug. Sie quatschen mir zuviel. Warten Sie hier, bis Sie gerufen werden. Die Stewardeß wird mich führen.»

«Ich bin Technikerin.»

Ghulam sah sie sich zum ersten Mal genauer an. Eine ausgesprochene Schönheit mit langen, seidigen blonden Haaren und der Figur eines Models. Der Flug versprach angenehm zu werden. «Wie heißt du?» fragte er.

«Strickländer.»

«Hast du keinen Vornamen?»

«Anita.»

«Geh vor, Anita.»

«Jawohl.» Ihr entging nicht, daß er ihren Hintern anstarrte. Sie versuchte, eckiger zu laufen. «Das ist der Frachtraum.»

«Das ist ja eine Halle. Da paßt ein LKW hinein.»

«Ja. Da passen mehrere LKWs hinein.»

«Und wie wird beladen?»

«Kommt darauf an, was es ist. Dort oben ist die Krananlage des Flugzeugs. Man fährt mit einer Elektrokarre oder auch einem Laster hinein, die Fracht wird angehoben, und das Transportfahrzeug fährt wieder hinaus. Oder die Last wird mit dieser Winde auf Rollen hineingezogen.»

«Und wo fährt man hinein?»

«Dort wird die Ladeklappe geöffnet.»

«Ist die so groß, daß unser Wagen hineinpaßt?»

«Natürlich. Dafür ist sie ja gebaut.»

Ghulam sah sich genau um, der einzige Daseinszweck der Maschine war der Transport großer Lasten. Eine kleine Kabine für etwaiges Begleitpersonal, ein begehbarer Kabelschacht, ein Vorratsraum mit kleiner Küche. Nein, hier verbarg sich niemand. Nicht auszuschließen, daß er in der Kürze der Zeit etwas übersehen hatte, aber Versteckmöglichkeiten für irgendwelche Einsatzgruppen gab es jedenfalls nicht.

Ghulam lief zur Gangway und rief Iskander von oben zu: «Alles in Ordnung! Ich lasse die Klappe öffnen. Wir können mit dem LKW hineinfahren!»

«Okay», rief Iskander.

«Ladeklappe öffnen!» rief Ghulam in die Maschine hinein. Dann sprang er, mehrere Stufen auslassend, hinunter. «Es wird ein schöner Flug», sagte er.

SIEBENUNDZWANZIG

«Es wird ein schöner Flug!» rief der sehnige junge Pakistani auf englisch seinen Leuten im Auto zu.

«Wenn er sich da mal nicht irrt», sagte Anita Strickländer alias Jensen zu Beck, der den Piloten mimte.

«Öffne die Ladeklappe!» rief Beck Klinger zu, der im Cockpit sitzen geblieben war.

«Wie denn? Schon gut, ich hab's!»

Ein lautes Summen, und am hinteren Ende des dickbäuchigen Flugzeugs senkte sich langsam eine große Klappe. Beck überprüfte es durch einen Blick in den Laderaum. «Okay», rief er Klinger zu und ging in den Laderaum. Er stellte sich auf die Klappe und blickte in die Nacht hinaus. Es war kalt und feucht, der Nebel wurde langsam dichter, die Scheinwerfer bekamen Lichthöfe.

Der LKW kam, rückwärts fahrend, in sein Blickfeld. Als der Abstand groß genug war, fuhr Ohlhammer schräg auf die Rampe zu. Beck winkte ab, gab ihm ein Zeichen, noch einmal zurückzufahren und sich der Rampe gerader zu nähern. Ein Anfängerfehler, den Winkel falsch einzuschätzen. Der Mann war nervös, folgerte Beck aus dem Fahrstil. Aber er ist am Leben. Und wo ist der zweite Fahrer? Kann später geklärt werden. Vier Terroristen hatte er bisher gesehen, drei saßen in der Kabine des Lasters, der vierte lief nebenher. Wenn in der Koje niemand lag, waren das alle. Schwer bewaffnet und zu allem entschlossen. Das würde schwerer werden als das Austricksen von zwanzig Nachtwächtern. Und falls sie es nicht schon auf dem Boden schafften, sondern starten mußten, würden sie nicht mal Schußwaffen benutzen können. Es ist unklug, in Flugzeugen zu schießen. Hoffentlich wußten das im Ernstfall auch die Pakistanis.

Beim zweiten Versuch mußte Beck keine Zeichen geben. Der Laster rollte die Rampe empor, Beck trat beiseite, und Ohlhammer steuerte in den geräumigen Bauch der Transportmaschine. Er stoppte und machte den Motor aus.

«Wollen Sie den Wagen wirklich mitnehmen?» fragte Beck den sehnigen Pakistani.

«Das ist der Boß», antwortete der und zeigte auf einen der beiden Pakistanis, die jetzt aus der Kabine stiegen. Der vierte blieb sitzen; er hielt einen dunklen Gegenstand hoch, den der Boß ihm in die Hand gedrückt hatte. Der Auslöser, dachte Beck. Den mußten sie neutralisieren, ehe sie daran dachten, sich die Bande vorzuknöpfen.

«Ich bin Kapitän Schmidt», stellte Beck sich vor. Er hätte, da sie ihn gewiß nicht kannten, auch den richtigen Namen nennen können, doch trug er Papiere auf den Namen Schmidt bei sich, und man konnte nicht ausschließen, daß die Terroristen ihn gründlich durchsuchten. Wie Jensen in ihren Papieren hieß, wußte er nicht; sicher war nur, daß sie keinesfalls auf Anita Stricklãnder ausgestellt waren. «Wollen Sie wirklich den LKW mitnehmen?»

Der junge Mann trat dicht vor ihn und musterte ihn von oben bis unten. Er sah nicht unsympathisch aus, fast zu gut für einen Killer. Gebräunt, mit pechschwarzem Haar und gepflegtem Schnurrbart. Ein Frauentyp mit sehr ebenmäßigen Gesichtszügen und einem durchtrainierten Körper.

«Mein Name ist Iskander Shaheed Agha», sagte der Schönling, «und von jetzt an stelle ich hier die Fragen. Klar?»

«Iskander Shaheed Agha», Beck ließ sich den Namen auf der Zunge zergehen. «Ich dachte, Terroristen stellen sich nicht vor.»

Ein finsterer Blick. «Wir sind Patrioten, keine Terroristen!» stellte Iskander klar.

«Entschuldigen Sie. Das wußte ich nicht.» Beck setzte eine unterwürfige Miene auf und sprach schnell weiter: «Ich wollte nur sagen, wenn wir den LKW mitnehmen, müssen wir ihn sichern.»

«Dann tun Sie das. Augenblick noch. Sehen Sie den Mann in der Fahrerkabine? Der Kasten in seiner Hand ist der Auslöser für zwanzig Ladungen Sprengstoff, die unter dem Auto befestigt sind. Ein Fingerdruck, und von dem Wagen bleibt so wenig übrig wie von Ihrem Flugzeug. Im Container befindet sich radioaktiver Müll. Bei der Explosion wird eine strahlende Wolke freigesetzt, die viele Menschen tötet.»

«Ich weiß», sagte Beck. «Das hat man mir mitgeteilt. »

«Das wissen Sie?» Iskander sah ihn durchdringend an. «Weshalb machen Sie dann mit?»

«Einer muß es ja machen. Es wird gut bezahlt. Sehr gut. Und», Beck setzte ein vertraulich-dümmliches Lächeln auf, «ich denke, daß Sie den Knopf nur im Notfall drücken. Sie wollen heil nach Hause kommen. Wir auch. Soweit es an uns liegt, wird der Notfall nicht eintreten.»

«Die Einstellung gefällt mir», sagte Iskander, doch ein Mundwinkel verzog sich verächtlich. «Sichern Sie den Wagen, schließen Sie die Klappe und fliegen Sie los.»

«Ich kann doch jetzt aussteigen», sagte Ohlhammer, der neben sie getreten war. «Ich habe meine Aufgabe erfüllt und werde nicht mehr gebraucht.»

«Wollen Sie das Land nicht kennenlernen, dessen Ehrenbürger Sie dank Ihrer Verdienste sind?» fragte Iskander.

«Nein», sagte Ohlhammer.

«Das enttäuscht mich bitter», sagte Iskander. «Manche Menschen muß man zu ihrem Glück zwingen.»

«Es sind nur zwanzig Schritte», sagte Ohlhammer. Seine Stimme zitterte.

«Wollen Sie den armen Wuttke etwa allein mitfliegen lassen, Mr. Ohlhammer?»

«Er kann doch auch aussteigen!»

Der «arme Wuttke» lag also in der Koje, dachte Beck. Dann waren es wohl wirklich nur vier Terroristen.

«Dafür ist keine Zeit mehr. Genug gequatscht. Klappe schließen!»

«Klappe schließen!» wiederholte Beck, der die an den Seiten bereitliegenden Keile hinter und vor die Räder schob und dabei unter den LKW schaute. Tatsächlich, überall Plastiksprengstoff. Viele Drähte, keine Stromquelle zu sehen. Also war sie im Auslöser. Eine simple Konstruktion. Wurden die Drähte durchtrennt, konnte wahrscheinlich nichts passieren.

Summend schloß sich die Klappe. Ohlhammer jammerte, daß er immer noch aussteigen könnte. Niemand beachtete ihn.

«Und nun starten Sie, Captain Schmidt», sagte Iskander.

«Wohin denn, wenn ich fragen darf?»

«Nach Pakistan.»

Beck grinste, so wie man pflichtschuldig Heiterkeit bei einem schlechten Witz zeigt, den ein Vorgesetzter macht. Iskander verzog keine Miene.

«Das ist unmöglich ohne mehrere Zwischenlandungen», sagte Beck.

«Das weiß ich. Starten Sie endlich! Wie weit kommen wir denn?»

«Das hängt von Flughöhe, Windrichtung, Windgeschwindigkeit, Ladung und ...» Beck verstummte, als er Iskanders finsteren Blick sah. «Ungefähr 3000 Kilometer», sagte er. «Maximal 4000. Tunesien, Libyen, vielleicht Ägypten.»

«Steigen Sie auf! Wir vertrödeln zuviel Zeit. Ich nenne Ihnen das Ziel, wenn wir in der Luft sind.»

«Okay. Sie sind der Boß.»

«Das bin ich!»

«Können Sie mich nicht doch noch rauslassen?» jammerte Ohlhammer.

«Suchen Sie sich einen Platz und schnallen Sie sich an, Mr. Ohlhammer, wir starten!» sagte Iskander.

Beck ging nach vorn, überprüfte die Entfernung der Gangway von der Bordwand und verschloß dann die Tür. Iskander folgte ihm ins Cockpit. Klinger saß auf dem Platz des Kopiloten, Jensen stand neben ihm und checkte routiniert Anzeigen, die sie nicht verstand. Sie schaltete die Positionslichter ein und aus und sagte: «Öldruck okay.»

Beck setzte sich, stülpte sich die Kopfhörer nebst Mikrofon über, schaltete die Anlage ein und sagte: «Hallo, Tower, hier ist, äh», verdammt, was sind wir eigentlich, «Flug 51. Kann mal jemand vorbeikommen und die Gangway entfernen? Ich hole euch ja die Kastanien aus dem Feuer, aber ganz allein geht es nicht.»

«Was sagt er?» fuhr Iskander Jensen an. «Übersetzen!»

«Daß jemand die Gangway entfernen muß.»

«Hier Tower.» Das war Jacobis Stimme. «Ist bei Ihnen alles in Ordnung?»

«Sprechen wir Englisch, das verstehen unsere Passagiere besser», schlug Beck vor. «Ja, bei uns ist alles in Ordnung. Wir sind zum Abflug bereit.»

«Wir schicken jemand vorbei. Tower Ende.»

«Schickt euren schnellsten Mann. Flug 51 Ende.»

«Das gefällt mir nicht», sagte Iskander. «Wer kommt jetzt?»

«Jemand vom Flughafen mit einem kleinen Fahrzeug. Die Gangway kann nur von außen entfernt werden.»

«Wozu überhaupt eine Gangway? Haben Sie keine Leitern? Das ist doch kein Passagierflugzeug!»

«Gangways sind bequemer.»

«Ihr Deutschen seid verweichlicht!» Iskander verließ das Cockpit und schickte Ghulam zwecks Aufsicht nach vorn. «Durchsuch sie nach Waffen», sagte er.

«Sie haben es gehört. Stellen Sie sich hin. Mit dem Rücken zu mir.»

Er tastete erst Beck, dann Klinger ab. Das Mädchen hatte er sich zur Belohnung für den Schluß aufgespart. Er nutzte die Gelegenheit, ausgiebig ihren Busen und Hintern zu betatschen.

«Da ist nichts», murrte Jensen, als er zum zweiten Mal am Busen angelangt war.

Ghulam grinste.

ACHTUNDZWANZIG

Iskander öffnete die Außentür und beobachtete von dort aus das kleine Fahrzeug, das sich quälend langsam dem Flugzeug näherte. Ein offener Elektrokarren, und es saß tatsächlich nur ein Mann darin. Der Motor streikte, der Karren hielt an, und der Mann stieg aus und fummelte am Motor herum. Iskander winkte Rahmat heran, der mit seiner Uzi auf den Mann zielte.

Beck startete den Motor, das Triebwerk heulte auf, der Motor dröhnte. Er tippte auf eine Lampe und sagte zu Jensen: «Die Klappe ist nicht dicht.»

Er sprach Englisch, trotzdem fragte Ghulam, für den die Mitteilung bestimmt war: «Was?»

«Die Ladeklappe ist nicht richtig verriegelt. Ich muß es per Hand machen, sonst heben wir nicht ab.»

«Dann mach es», sagte Ghulam. «Aber komm danach sofort wieder her.»

«Natürlich.» Jensen verließ das Cockpit.

Als sie an Iskander und dem Terroristen mit der Uzi vorbeikam, war sie einen Augenblick in Versuchung, die beiden einfach hinauszuschubsen. Iskander bemerkte sie und wandte sich um.

«Wohin?» fragte er.

«Die Ladeklappe mechanisch verriegeln», sagte sie.

Iskander wollte ihr folgen, überlegte es sich aber anders. Hinten saß Khwaju mit dem Auslöser, da konnte nichts passieren. Wenn es noch eine Gefahr gab, dann kam sie nicht aus dem Flugzeug, nicht von diesen geldgierigen Weicheiern. Der Nebel wurde immer dichter, inzwischen war es durchaus möglich, daß da draußen Bewaffnete heranschlichen. Iskander spürte die Gefahr und blieb an der Tür neben Rahmat stehen. Und wenn sie von der anderen Seite kommen? Wenn der Karren ein Ablenkungsmanöver ist? Sofort ging er zur Backbordseite und öffnete die dortige Tür, die Pistole im Anschlag.

Jensen betrat den Laderaum. Ohlhammer saß auf der Seitenbank und hatte sich angeschnallt. Im LKW saß der vierte Terrorist mit dem Auslöser. Wahrscheinlich würde er sich nicht mal wundern über ihre Anwesenheit. Der Boß war vorn und hatte den Überblick, es hatte also seine Richtigkeit, daß die Frau unbegleitet im Flugzeug herumlief.

Sie ging zu Ohlhammer, beugte sich über ihn, überprüfte den Sitz seines Gurtes. «Ist noch jemand im LKW?» fragte sie dabei leise.

«Wuttke», sagte der, verblüfft über die Frage. «Mein Fahrer.»

«Sonst niemand? Okay.»

«Was ...?»

«Später.» Jensen ging zum LKW, öffnete dessen Tür.

«Wir starten jetzt», sagte sie und lächelte freundlich.

«Das höre ich. Sie dürfen hier nicht herein.» Er wies den Auslöser vor, den er tatsächlich in der Hand hielt. Ein schwarzer Auslöser mit einem Schalter und einem Knopf. Der Schalter als zusätzliche Sicherheit, falls jemand versehentlich auf den Knopf drückte. Ob er jetzt aktiviert war, wußte Jensen nicht.

«Sie müssen aussteigen», sagte Jensen. «Hier zu sitzen ist zu gefährlich beim Start.»

«Das geht nicht.»

«Wir sind in einer Frachtmaschine. Es wird sehr holprig, bis wir endlich oben sind!»

«Ich steige nicht aus!» trotzte der Mann ihrer Stewardessenbeharrlichkeit.

«Dann müssen Sie sich aber unbedingt anschnallen und den Auslöser sichern.»

«Wie denn?»

«Das weiß ich nicht. Lassen Sie sich etwas einfallen. Oder wollen Sie uns alle in die Luft sprengen?»

«Nur wenn ich muß.»

«Legen Sie ihn ins Handschuhfach», schlug Jensen vor.

Sie hatte den schwersten Teil der Aufgabe übernommen. Es kam sonst niemand dafür in Frage. Einen Mann hätte Iskander wahrscheinlich nicht mal an sich vorbeigelassen ohne Begleitung. Und auf einen Mann hätte der Typ im Wagen nicht gehört. Er hätte die Falle gewittert. Aber so ein blondes Püppchen ... Sie haßte ihre Perücke, doch tat sie gute Dienste. Sie sah so harmlos aus, daß ihr davor graute, wenn sie sich im Spiegel betrachtete. Und genau dieser Eindruck wurde jetzt gebraucht.

Der Mann öffnete das Handschuhfach und blickte hinein. Entschließ dich endlich, dachte Jensen, die Zeit läuft uns davon.

«Schnallen Sie sich an», sagte sie.

Jetzt war er endgültig durcheinander. Er legte den Auslöser auf das Armaturenbrett und tastete nach dem Gurt.

Jensen federte vom Boden hoch, schnellte durch die Kabine auf ihn zu und warf ihn durch ihren Schwung über den Sitz an die gegenüberliegende Kabinentür. Er knallte mit dem Kopf dagegen und schrie auf. Der Lärm der Triebwerke übertönte seinen Schrei.

Jensen lag auf ihm, packte ihn am Hals, stützte sich auf und rammte ihm die Faust gegen die Stirn. Khwaju versuchte gerade den Kopf zu heben. Er knallte ein weiteres Mal gegen die Tür. Doch der Mann war zäh und im Kämpfen ausgebildet. Er rammte seine Knie hoch, hinein in Jensens Leib. Sie schlug ein drittes und viertes Mal zu. Khwaju bäumte sich auf, warf sie ab. Sie rutschte neben den Sitz, klammerte sich an ihm fest. Er trat mit dem Knie nach, hatte zuwenig Bewegungsfreiheit, seine ganze Kraft einzusetzen. Doch waren nun seine Arme frei, und das nutzte er, seinerseits einen Schlag anzubringen. Jensen riß den Kopf zurück und gleichzeitig die Arme hoch. Mit beiden Ellenbogen schlug sie ihm am Hals auf die Schultern und richtete sich auf.

Beide waren durch die Enge in der Kabine gehandikapt. Jensen nutzte ihre Beweglichkeit wenig, und Khwaju konnte seine Kraft nicht voll entfalten. Seine Maschinenpistole fiel ihm erst wieder ein, als er einem Schlag auswich und sich mit einer Hand darauf abstützte. Er griff sie, riß sie hoch, doch war er dadurch abgelenkt, und Jensen konnte mehrere sehr schmerzhafte Schläge in seinem Gesicht anbringen. Blut rann ihm aus der Nase und der Augenbraue, die Waffe entglitt ihm, und Jensen trommelte auf seinen Kopf ein. Mit einem letzten Aufbäumen seiner Kraft ergriff er Jensens Hals und drückte zu. Obwohl er fast bewußtlos war, gelang es ihr nicht, seinen Griff zu lösen. Da sah sie, wie sich hinter ihm der Vorhang zur Schlafkoje bewegte. Zwei Hände kamen heraus, griffen Khwaju ins Haar und rissen seinen Kopf kräftig zurück. Jensen schnappte nach Luft. Sie nahm die Uzi, die neben Khwaju auf dem Sitz lag, und rammte ihm mit aller Wucht den Griff gegen das Kinn. Blut spritzte, ein paar Zähne flogen durch die Luft und prasselten gegen das Seitenfenster. Khwaju sackte zusammen. Zur Sicherheit schlug sie ein zweites Mal zu, diesmal gegen die Schläfe.

«Noch einmal», sagte Wuttke.

«Der hat genug.» Sie blickte auf. Das Gesicht aus dem Vorhang sah furchtbar aus. Grün und blau und blutverkrustet. Aber der Kraftfahrer grinste.

«Wer sind Sie?» fragte er.

«Die Kavallerie.» Sie nahm sich den Auslöser. Zum Untersuchen war jetzt keine Zeit, er war verschraubt. Sie mußte das Zeichen geben, der Kampf hatte viel zu lange gedauert. Jeden Augenblick konnte jemand kommen und nachsehen, ewig konnte der Abtransport einer Gangway nicht dauern. Also legte sie ihn vorsichtig zurück, sprang aus dem Fahrerhaus und rannte nach hinten, zur Laderaumklappe. Sie öffnete die Verriegelung und schloß sie sofort wieder. Für einen Augenblick leuchtet im Cockpit eine Lampe auf.

Beck sah das Zeichen. «Die Klappe ist zu», sagte er zu Klinger. «Wir können starten. Was macht denn die Gangway?» wandte er sich an Ghulam. «Wie lange soll denn das noch dauern?»

Der wandte sich tatsächlich um und blickte in den Vorraum, in dem Iskander und Rahmat an den geöffneten Türen standen und hinausschauten. Als er sich wieder zurückdrehte, stand Beck genau vor ihm. Geräuschlos hatte er sich vom Pilotensitz erhoben und war herangeglitten. Beck packte seinen Kopf mit beiden Händen und brach ihm mit einem Ruck das Genick, ehe Iskanders hoffnungsvoller Vertreter einen Schrei ausstoßen konnte. Klinger fing die Uzi auf, Beck die Leiche. Er zog sie ins Cockpit und legte sie auf den Boden. Dann tastete er ihn nach Waffen ab. Die Pistole im Holster war eine Glock. Gute Wahl, dachte Beck. Aus Sicherheitsgründen hatten sie keine Waffen mitgenommen. Und das war auch nicht nötig gewesen. Alles, was sie brauchten, war ihnen frei Cockpit geliefert worden.

Lautlos bewegten sich Klinger und Beck zum Durchgang in den Vorraum. Am gefährlichsten war der Mann mit der Uzi. Wenn sie auf ihn schossen, konnte er reflexhaft den Abzug betätigen und den Mann töten, der gerade die Gangway ankoppelte. Es schien sicherer, auch ihn mit bloßen Händen zu überwältigen. Das war also seine Aufgabe. Er gab Klinger ein Zeichen, Iskander zu übernehmen. Sie schlichen auf die beiden Terroristen zu.

Iskander lief eine Gänsehaut über den Rücken. Die Gefahr war da, und sie kam nicht von draußen. Sie kam aus seinem Rücken. Er fuhr herum, die Pistole im Anschlag, und sah den Kopiloten direkt vor sich. Klinger hatte die Bewegung gesehen und war schneller. Er drückte ab. In seiner Erregung hielt er die Waffe nicht stabil genug. Nur die ersten beiden Kugeln trafen, dann lenkte der Rückstoß die Garbe an Iskander vorbei durch die offene Tür und gegen die Bordwand.

Die Wucht der beiden Treffer in die rechte Brust und den rechten Arm war gewaltig. Iskander drehte sich um die Achse, prallte mit dem Kopf gegen den Rahmen der Tür und stürzte aus dem Flugzeug.

Zur gleichen Zeit hatte Beck Probleme mit dem letzten der Terroristen. Als der erste Schuß ertönte, war der herumgeschnellt. Beck war nah genug, ihm die Uzi zu entreißen, doch nun hatte er in jeder Hand eine Waffe, und Rahmat war sehr schnell. Er trat ihm mit Wucht zwischen die Beine, ließ einen Tritt gegen den Bauch folgen, und während sich Beck noch bemühte, das Gleichgewicht zu halten, folgte ein weiterer Tritt. So etwas hatte Beck bisher nur in Kung-Fu-Filmen gesehen, er hatte dem nichts entgegenzusetzen als seine Körperkraft und seine Masse. Beide Waffen waren ihm aus den Händen gerutscht. Er sprang Rahmat an, einfach in den nächsten Tritt hinein, den Schmerz spürte er kaum, er riß den kleinen, drahtigen Mann an sich, wollte ihm die Luft nehmen. Der wand sich wie ein Aal, glitschte ihm durch die Arme.

Klinger wollte eingreifen, doch beide wogten, ineinander verhakt, an ihm vorbei, ehe er zuschlagen konnte. Auf einmal hatte Rahmat ein Messer in der Hand und stach zu. Beck wich nicht schnell genug zurück, seine Pilotenjacke, sein Hemd und die Haut über dem Herzen wurden aufgeschlitzt.

Doch jetzt standen sie weit genug auseinander, so daß Klinger auf den Pakistani zielen konnte. «Hände hoch, Waffe fallen lassen!» rief er.

Jetzt erst nahm Rahmat wahr, daß er, soweit zu sehen, als einziger übriggeblieben war. «Fairer Kampf!» rief er schnell. «Einer gegen einen!»

«Wir sind hier nicht beim Sport», sagte Klinger. «Laß das Messer fallen.»

Rahmat sprang Beck an; wenigstens einen wollte er noch mit in den Tod nehmen. Doch der hatte damit gerechnet und wich zur Seite. Rahmat flog an ihm vorbei und kam durch seinen Schwung zu Fall. Er war so wendig, daß er abrollte, ehe Beck eine Chance hatte, aus seiner Lage Vorteil zu ziehen. Und wieder stieß er zu. Beck blockte den Stoß ab, griff mit beiden Händen zu und brach ihm das Handgelenk. Es knackte laut, als die Knochen brachen; man hörte es trotz des heulenden Triebwerks. Rahmat brüllte vor Schmerz und Wut und ließ das Messer fallen. Zum Aufgeben war er immer noch nicht bereit. Mit seinen Füßen war er dem deutschen Kraftpaket überlegen, also trat er zu. Er spürte auch einen Widerstand, doch das waren nicht Becks Weichteile. Es waren seine Hände. Der hatte den Fuß aufgefangen und drehte ihn mit einem kräftigen Ruck um mehr als 90 Grad zur Seite. Rahmat stürzte schwer auf den Rücken, und Beck drehte immer weiter, bis das Fußgelenk brach.

«Handschellen», sagte Beck und richtete sich auf.

«Haben wir nicht», sagte Klinger.

«Dann muß es so gehen.» Beck hob die Pistole auf und schlug sie dem hilflos am Boden liegenden Mann über den Kopf. Rahmat verlor das Bewußtsein.

«Lassen Sie die Gangway da!» rief Beck zur Tür hinaus nach unten dem Fahrer des Elektrokarrens zu, der bei den Schüssen darunter in Deckung gegangen war. «Alles erledigt!»

«Wurde aber Zeit», sagte Jensen. Sie stand in der Tür vom Frachtraum und hatte die letzten Sekunden des Kampfes mitbekommen. Die blonde Perücke hatte sie verloren, das schwarze Haar war wüst zerzaust, die Haut über dem Jochbein aufgeplatzt, ein Mundwinkel aufgerissen, die Pilotenjacke zerfetzt, der enge Uniformrock bis zur Hüfte aufgerissen, doch sie strahlte.

«Es gibt nichts Schöneres als das Lächeln einer Siegerin», sagte Klinger und schloß sie in die Arme. Klinger und Jensen streckten jeder einen Arm aus und zogen Beck heran. Einen Augenblick standen sie eng umschlungen mitten im Raum.

Sie lösten sich voneinander, ohne daß jemand den Anfang machte. Sie taten es zugleich, weil sie in diesem Augenblick alle das gleiche dachten und fühlten. In diesem Moment waren sie eine einzige Person.

Nun wurden sie wieder Individuen, und das Individuum Beck fragte das Individuum Jensen: «Ist mit Ohlhammer alles in Ordnung?»

«Ja, und mit Wuttke auch. Er liegt arg zerschlagen in der Koje, aber er ist voll da.»

Das Omega-Team ging in den Frachtraum. Ohlhammer und Wuttke sahen ihnen erwartungsvoll entgegen; der Kraftfahrer war ausgestiegen und hatte sich neben seinen Chef gesetzt.

«Alles okay», sagte Jensen. «Das Flugzeug ist in unserer Hand.»

«Wer sind Sie?» fragte Ohlhammer. «SEK? GSG 9?»

«Ach was», sagte Beck. «Bloß die Privatdetektive, die Ihre Frau engagiert hat, um Sie wiederzufinden.»

Ohlhammer brach zusammen. Die Anspannung der letzten Tage war zuviel gewesen. Und die Vorstellung, daß ihn seine Frau gerettet hatte, rührte ihn. Der Spediteur weinte, und sein Kraftfahrer weinte mit ihm.

Ein wenig verlegen stand das Omega-Team vor den beiden weinenden Männern. Was machte man in einer solchen Situation?

Niemand bemerkte, daß auf der gegenüber liegenden Seite des Frachtraumes Iskander Shaheed Agha vorbeikroch. Den rechten Arm und das linke Bein konnte er nicht bewegen, und die Schmerzen waren unerträglich. Einige Zeit hatte er sich nicht rühren können, doch dann rief jemand etwas auf deutsch, und der Mann, der die Gangway immer noch nicht abtransportiert hatte, fuhr mit seinem Elektromobil davon und ließ die Treppe stehen. Alle seine Leute waren überwältigt worden. Die Niederlage war perfekt. Sie waren hereingelegt worden. Wahrscheinlich hatten die Schweine auch Khwaju ausgeschaltet, sonst hätte der längst die Explosion ausgelöst. Also mußte er es selber tun, sonst machten sie sich zum Gespött der ganzen Welt. Neben ihm lag seine Pistole. Er steckte sie mit der linken Hand in seinen Gürtel und kroch unter dem Flugzeug hindurch zur Gangway. Wie er es schaffte, die Stufen emporzukommen, wußte er nicht. Sein Körper bestand nur noch aus Schmerz, doch dieser Schmerz hielt ihn aufrecht. Oder doch wenigstens auf allen vieren.

Sie waren auf der anderen Seite des Frachtraums. Gut so. Sie bemerkten ihn nicht. Wenn er jetzt schoß, erwischte er einen oder zwei. Das war zuwenig, entschieden zuwenig. Mit einem einzigen Fingerdruck konnte er sie alle töten. Und noch ein paar tausend andere. Geräuschlos kroch er auf den LKW zu. Er zog sich am Tritt hoch, dann an der Tür. Er mußte mit dem gebrochenen Bein auftreten, doch das war jetzt gleichgültig. In einer Minute würde er beide Beine nicht mehr brauchen. Der Schmerz war ohne Bedeutung. Iskander öffnete die Tür und kroch in die Kabine.

Khwaju lag auf dem Boden vor dem Sitz. Sein Schädel war eine blutige Masse. Sie hatten ihn abgeschlachtet. Das würden sie bezahlen, denn der Auslöser war noch da. Er lag auf der Klappe des geöffneten Handschuhfachs. Iskander griff danach.

«Der Herr hat dich nicht verlassen und nicht gehaßt! Und wahrlich, das Jenseits ist besser für dich als das Diesseits, und wahrlich, geben wird dir der Herr, und du wirst zufrieden sein ...»

Die Fahrertür wurde aufgerissen, der vermeintliche Pilot stand da, die Augen weit aufgerissen, die Hände zum Zupakken vorgestreckt. Iskander war schneller. Seine linke Hand senkte sich auf den Auslöser. Legte den Schalter um. Selig lächelnd drückte Iskander Shaheed Agha auf den Knopf.

NEUNUNDZWANZIG

Vier Männer standen nebeneinander im Tower und starrten mit Ferngläsern durch die große Scheibe hinüber zu der Maschine. Es waren Jacobi, Kastler, Rollinger und der Diensthabende. Seit sie die Schüsse gehört hatten, waren sie in großer Sorge. Ein Mann war aus der Tür gestürzt und lag unter dem Flugzeug. Mehr war nicht zu erkennen. Nicht einmal, wer es war. Nebelschwaden waberten über den Platz, trübten das Licht und behinderten die Sicht.

Kastler setzte das Glas ab. «Was sind das für Leute, Victor?»

«Gute Leute, Siegfried.» Jacobi starrte zur Maschine.

Siegfried Kastler war ein sehr nobel aussehender Mann Ende der Fünfzig mit silbergrauem Haar und einem aristokratisch geschnittenen Gesicht, hochgewachsen, schlank und solariumsgebräunt. Er rauchte nervös eine dicke kubanische Zigarre. Auch Jacobi rauchte eine Havanna. Das tat er immer, wenn er erregt war, doch war dies das einzige Anzeichen dafür. Er wirkte ruhig und kühl wie immer.

«Sag mal», fragte Jacobi, «arbeiten bei der ASA eigentlich Pakistanis?»

«Wie kommst du darauf?»

«Ich frage mich, wer denen da den Tip gegeben hat, daß hier etwas läuft.»

«Ach so. Ich glaube nicht.»

«Doch», sagte Doktor Rollinger. «Mindestens zwei. Ich glaube sogar drei.»

«Konnten die denn davon erfahren haben?»

«Eigentlich nicht», meinte Rollinger. «Obwohl ... Wir sind eben keine Profis in Geheimhaltung.»

«Nicht?» fragte Kastler und sah ihn durchdringend an. Rollinger biß sich auf die Zunge.

«Der Mann mit dem Karren kommt zurück», sagte Jacobi.

«Tatsächlich.» Kastler starrte wieder nach draußen. «Warum melden sie sich nicht?»

«Sicher haben sie noch zu tun», meinte Jacobi. «Warum bummelt der denn so? Jetzt kann er sich doch beeilen!»

«Die Dinger sind nicht schneller. Rufen Sie ihn über Walkie-Talkie», sagte Kastler dem Diensthabenden. Der tat es sofort.«

«Was ist los?» fragte er.

«Ich habe keine Ahnung», sagte der Mann, und seine Stimme zitterte. «Die haben geschossen ...»

«Das wissen wir», unterbrach der Diensthabende. «Warum kommen Sie zurück?»

«Weil jemand gerufen hat, daß alles vorbei ist und ich die Gangway dalassen kann.»

«Okay», sagte der Diensthabende. «Kommen Sie rauf, wenn Sie hier sind.»

«Nein», sagte Kastler. «Er soll zum Werkschutz gehen. Und Sie auch.»

«Kommando zurück», sagte der Diensthabende in sein Sprechfunkgerät. «Gehen Sie in den Aufenthaltsraum. Ich komme auch hin.»

«Er kann ruhig hierbleiben», sagte Jacobi. «Ich gehe auf nichts von dem ein, was du mir jetzt sagen willst.»

Der Diensthabende blieb stehen. «Raus!» sagte Kastler unmißverständlich, und der Mann ging zur Tür hinaus. Er stolperte über Jacobis Leibwächter, die direkt vor der Tür saßen, und fluchte vor sich hin, als er die Tür zuknallte.

«Hör es dir doch erst mal an, Victor. Wir kennen uns schon so lange. Gib einem alten Freund eine Chance.»

«Das habe ich, Siegfried. Ich habe die Angelegenheit für dich beendet.»

Dr. Rollinger beobachtete die beiden Männer schweigend.

«Das hast du, Victor, sonst könnte ich dich jetzt nicht bitten, noch mehr zu tun. Ich weiß, daß ich einen Fehler gemacht habe. Einen schweren Fehler. Und das nach über dreißig Jahren ehrlicher Arbeit. Aber er läßt sich korrigieren, wenn du mich nicht anzeigst. Zerstöre nicht mein Lebenswerk, Victor, ich bitte dich.»

«Das hast du selber zerstört. Was hast du dir bloß dabei gedacht? Wolltest du den Müll irgendwo in Afrika abladen, wo niemand sich darum schert, ob die Leute verhungern oder an Strahlenfolgen sterben? Oder wolltet ihr den wertvollen Rohstoff an eine Schwellenmacht verscherbeln, die sich daraus eine Bombe bastelt? Nein, sag es mir nicht. Ich will es gar nicht wissen. Eins ist so schlimm wie das andere. Und weshalb das alles? Bringt es Geld? Hast du immer noch nicht genug?»

«Wer hat schon genug», sagte Kastler. «Aber es ist nicht nur darum gegangen. Die Stromversorgung in …»

«Hör auf, Siegfried, du gehst unter Niveau. Du hast doch nicht radioaktiven Müll geschmuggelt, damit die Münchner keinen Stromausfall haben! Das kannst du dem Richter erzählen, nicht mir!»

«Es muß sich kein Richter damit befassen, wenn du mitspielst!»

«An diesem Spiel habe ich kein Interesse.»

Es knackte im Lautsprecher, und Beck sagte: «Hier ist Flug 51. Tower, bitte melden.»

Jacobi ging zum Mikrofon und schaltete es ein. «Habt ihr es geschafft?»

«Natürlich.»

«Ohne Verluste?»

«Auf unserer Seite ein paar Kratzer. Auf der anderen zwei Tote, zwei Verletzte. Die Mistkerle haben es wirklich ernst gemeint. Einer hat noch auf den Knopf gedrückt, als schon alles vorbei war.»

«Und?»

«Jensen hatte die Empfänger längst abgeklemmt.»

«Was ist mit Ohlhammer und Wuttke?»

«Ohlhammer gesund und munter, Wuttke munter.»

«Gute Arbeit. Ich komme gleich rüber.» Jacobi trennte die Verbindung und ging zur Tür.

«Du kannst mich doch jetzt hier nicht so stehenlassen!» sagte Kastler.

«Es gibt nichts mehr zu sagen.»

«Bist du der letzte Gerechte auf Erden, Victor? Was sind das für Leute, die das für dich erledigt haben? Etwa dieselben, die gestern im Zwischenlager waren, zehn Wachleute betäubt haben, sich aufführten wie die übelsten Terroristen, Vorstandsmitglieder schlugen und bei dieser Gelegenheit Gruber die Nase mit einem Messer aufgeschlitzt haben, weil ihnen seine Antworten nicht paßten?»

«Was?» Jacobi wandte sich um.

«Das haben sie dir wohl nicht erzählt? Oder etwa doch? Nimmt der Verkünder der Gerechtigkeit Gewalt in Kauf, wenn sie für eine gute Sache ausgeübt wird? Victor, wir machen alle Fehler. Wer keine hat, soll den ersten Stein werfen. Victor, laß es uns gemeinsam vertuschen.»

«Da läßt sich nichts vertuschen. Es hat Tote gegeben. Schon an den Vortagen, und heute wieder. Willst du die toten Terroristen in deinem Garten verbuddeln, willst du die lebenden in deinen Keller sperren, damit sie nichts erzählen können? Und was machst du mit dem Container? Schaffst du ihn ohne

Sicherheitsvorkehrungen zurück nach Bayern? Oder schickst du ihn mit dem nächsten Flugzeug zu den Eingeborenen? Du hast den Kontakt zur Realität verloren, Siegfried!»

«Es gibt nichts, was sich mit Geld nicht regeln läßt», sagte Kastler. «Ich biete dir zehn Millionen, wenn du die Polizei draußen läßt.»

Jacobi schüttelte den Kopf.

«Zwanzig. Dreißig, wenn du mir hilfst, die Sache zu vertuschen. Das ist mehr, als du damals Lösegeld zahlen mußtest. Sag nicht, du kannst es nicht gebrauchen. Und wenn es nur ist, um Gutes zu tun!»

Jacobi schüttelte erneut den Kopf. «Siegfried, ich bedaure, daß wir uns kennengelernt haben. Jede Minute, die wir gemeinsam verbrachten, war umsonst. Du weißt nichts von mir. Und ich habe nichts von dir gewußt.» Er wandte sich zur Tür, drehte sich noch einmal um. «Selbst wenn ich wollte, es wäre zu spät. Während der Herfahrt habe ich den Innensenator aus dem Bett geklingelt. Die Polizei ist bereits unterwegs. Was hat dich nur auf die Idee gebracht, du könntest mich bestechen? Versuch's doch bei deinem Dr. Rollinger.» Jacobi verließ den Raum.

Kastler starrte ihm hinterher. «Das habe ich doch längst», sagte er leise.

«Aber viel zuwenig!» antwortete Rollinger.

DREISSIG

«Krankenbesuch», sagte Klinger, und Beck stand hinter ihm und grinste verlegen.

«Mir geht's gut», sagte Jensen. «Kommt rein.»

Jensen wohnte im oberen Stockwerk eines der Hochhäuser auf dem Grindelberg. Das Wohnzimmer war sehr hell. Jensen wies vage auf ihre Sitzmöbel. Sie stellte sich an das große Fenster und blickte über die Dächer von Hamburg. Auf einem Stuhl lag die Morgenpost, die Schlagzeile lautete «ATOMBOMBE GESTOHLEN – POLIZEI RETTET HAMBURG».

Die beiden Männer sahen sich an und traten dann neben Jensen ans Fenster.

«Wir haben noch was zu erledigen» begann Beck.

«Könnt nicht ihr den Jeep holen? So, wie ich jetzt aussehe, möchte ich nicht mit der Bahn fahren.»

«So schlimm ist es gar nicht», tröstete Klinger. «Aber das Auto holen wir morgen, das ist längst ausgemacht.»

«Was dann?»

«Die Tipgeber», sagte Beck. «Jacobi und ich haben uns die Personalunterlagen angesehen. Bei der ASA arbeiten tatsächlich drei Pakistanis. Und der Clou ist: Sie sehen so aus wie die Kerle, die wir vor vier Tagen beim Thailänder in St. Pauli gesehen haben.»

«Dann können sie ja festgenommen werden», meinte Jensen und starrte die Wolken an.

«Eben nicht», sagte Klinger. «Sie haben ein Geheimnis weitererzählt, das ihnen gar nicht anvertraut wurde. So etwas ist nicht strafbar. Man hat sie verhört und wieder laufenlassen.»

«Vielleicht findet die Polizei ja noch was.»

«Das wäre das erste Mal. Wurmt es dich nicht, daß sie ohne jeden Denkzettel davonkommen? Denn was sie auch behaupten, sie müssen gewußt haben, was geschieht. Denk nur an ihre Verschwörermienen.»

«Wollt ihr sie verprügeln?»

«Wäre das nicht besser, als am Fenster zu stehen und Wolken anzustarren?»

«Habt ihr Nachrichten gehört?» fragte Jensen. «Natürlich habt ihr. Großartiger Erfolg der Hamburger Polizei. Die tapferen Beamten haben eine bis an die Zähne bewaffnete Terroristengruppe gestellt, als sie mit gestohlenem Uran ein Flugzeug kapern wollte. Bei der Gelegenheit wurde auch Siegfried Kastler festgenommen, einer der Hauptaktionäre der ASA, der im Verdacht steht, mit den Terroristen gemeinsame Sache gemacht zu haben. Und so weiter. Der ganze Unfug. Aber eine Information ist dabei, die wahrscheinlich stimmt. Sie kam auf allen Sendern. Drei der Terroristen starben beim Schußwechsel mit der Polizei. Drei! Nicht zwei. Der erste war dieser Widerling, der mich angefaßt hat. Genickbruch. Der zweite war Iskander. Warum hast du ihm eigentlich das Genick gebrochen, Beck?»

«Weil mir in dem Moment nicht klar war, daß du die Bombe entschärft hast.»

«Und wer war der dritte? Der Typ mit dem Messer bestimmt nicht. Der war ja schon wieder ziemlich munter, als wir ihn der Polizei übergeben haben. Bleibt also nur mein Gegner. Er hat es sicher verdient, und er ist nicht mein erster Toter. Aber es war keine Notwehr. Ich habe ihm den Schädel eingeschlagen, als er bereits bewußtlos war.»

«Dachte ich mir's doch», sagte Klinger. «Das sind die schädlichen Folgen des Radiohörens.»

«Im Fernsehen kam es auch.»

«Seit wann glaubst du, was die senden?»

«Wißt ihr mehr?»

«Natürlich», sagte Klinger.

«Warum hast du Jacobi nicht angerufen?» fragte Beck. «Ich habe es getan, sowie ich die Nachricht hörte. Er hat den Innensenator angerufen. Und der hat ihm unter dem Siegel der Verschwiegenheit anvertraut, daß der Tote der Messerstecher ist.»

«Wie das?»

«Er hat es geschafft, einem Polizisten die Waffe abzunehmen», erklärte Klinger. Bei dem Gerangel hat sich, halboffizielle Variante, versehentlich ein Schuß gelöst. Er war sofort tot. Dein Gegner ist als einziger wohlauf. Er braucht ein neues Gebiß, ansonsten geht es ihm einigermaßen.«

«Ehrlich?»

«Ich würde doch bei so etwas nicht lügen.»

«Das ist ja wunderbar! Warum steht ihr eigentlich am Fenster herum? Setzt euch. Oder laßt uns ausgehen und einen draufmachen.»

«Wohin denn?» fragte Beck.

«Wohin wohl!» Jensen zwinkerte ihren Kameraden zu. «Nach St. Pauli, zum Thailänder.»

«Das wird sicher ein schöner Abend», sagte Klinger.

Klugmann / Mathews

«Da werden endlich wieder Geschichten erzählt, die so intelligent und spannend sind, die zum Zittern und Lachen bringen. Allererste Empfehlung: die subtil anarchistischen Polizeikomödien der beiden Hamburger Norbert Klugmann & Peter Mathews.»
Lui

Beule & Co
Beule oder Wie man einen Tresor knackt. Ein Kommissar für alle Fälle. Flieg, Adler Kühn
(thriller 43101)
Die Helden des Autorenduos scheinen auf den ersten Blick wenig perfekt. Sie haben Probleme mit Frauen, mit sich selbst und mit ihrer Kondition. Eigentlich sind sie ganz selten richtige Helden ...

Die Schädiger. Tote Hilfe
Zwei Krimikomödien
(thriller 43275)
«Witzig und spannend» (*Süddeutsche Zeitung*) ist der häufigste Kommentar zu diesen etwas anderen Krimis. Zwei Geschichten um den ewigen Loser Rochus Rose und die Jungs von der alternativen Tankstelle.

Vorübergehend verstorben
Roman
(thriller 43306)
Die Männer sind alle Verbrecher, ihr Herz ist ein finsteres Loch... Die Anwältin Luise Rubato fährt lieber in die Grube, als der Moral der Männer zu erliegen.

3013/8

rororo thriller

Norbert Klugmann
Treibschlag *Ein Fall für den Sportreporter*
(thriller 43238)

Zielschuß *Ein Fall für den Sportreporter*
(thriller 43241)

Doppelfehler *Ein Fall für den Sportreporter*
(thriller 43228)

Schweinebande
(thriller 43175)

Tour der Leiden *Best of Foul Play*
(rororo 43324)

«**Norbert Klugmann** legt ein wahnsinniges Tempo vor und ihm fließen mitunter Dialoge aus der Feder, gegen die hochgerühmte amerikanische Kollegen die reinsten Langweiler sind.» *Süddeutscher Rundfunk*

Ein Gesamtverzeichnis der Reihe *rororo thriller* finden Sie in der *Rowohlt Revue*. Vierteljährlich neu. Kostenlos in Ihrer Buchhandlung.

Serientäter

Kenneth Abel
Köder am Haken
(thriller 43245)

Die Mauer des Schweigens
(thriller 43276)

Meschugge *Der Roman zum Film von Dani Levy und Maria Schrader*
(thriller 43363)
In der Kleinstadt Hameln brennt eine Schokoladenfabrik ab. Brandstiftung. Der jüdische Eigentümer entkommt knapp dem Tod. – New York City. Die Mutter von David Fish, hat in der Zeitung das Bild des Schokoladenfabrikanten gesehen und ihren todgeglaubten Vater erkannt. Kurz darauf wird sie ermordet ...

John Baker
Ins offene Messer
(thriller 43259)

Tiefschlag
(thriller 43307)
Die Bodybuilder Ben und Gog entführen arglose Kinder, die ein trauriges Schicksal erwartet. Sam Turner – seit elf Monaten trocken und genauso lange Privatdetektiv – kann der Sippe das Handwerk legen. Leider hat er dabei die Rechnung ohne die Mafia gemacht ...

Voll erwischt
(thriller 43260)
«Ein hinreißendes und lustiges Märchen.»
Times Literary Supplement

rororo thriller

Robert Crais
Falsches Spiel in L.A.
(thriller 43299)
Susan Martin war der gesellschaftliche Mittelpunkt in L. A. und die Frau des Topmanagers «Teddy». Sie wurde brutal mit einem Hammer erschlagen, und das Motiv scheint glasklar: Susan wollte sich scheidenlassen ...

Im freien Fall
(thriller 43309)

Kidnapping
(thriller 43301)

Die Rache der Samurai
(thriller 43302)

Schmutzige Geschäfte
(thriller 43310)

rororo thriller werden herausgegeben von Bernd Jost. Ein Gesamtverzeichnis aller lieferbaren Titel finden Sie in der *Rowohlt Revue*. Vierteljährlich neu. Kostenlos in Ihrer Buchhandlung. Rowohlt im Internet:

3697/1